青春是用来奋斗的

撸起袖子加油干

幸福是奋斗出来的

——习近平

李朝全

生于福建仙游，毕业于北京大学。现任中国作协创作研究部副主任、研究员，中国作协报告文学委员会委员，中国报告文学学会副会长。入选全国文化名家暨“四个一批”人才。著有纪实文学作品《武汉保卫战》《最好的时代》《国家书房》《梦想照亮生活》《你也可以这么好》《震后灾区纪行》《世纪知交：巴金与冰心》等。曾获全国“五个一工程”奖、庄重文文学奖、中国人口文化奖、全国优秀科普作品奖、中华优秀出版物奖抗震救灾特别奖、冰心儿童图书奖等。

目录 CONTENTS

上篇 PART ONE 我们都是追梦人

下篇 PART TWO 我们都在努力奔跑

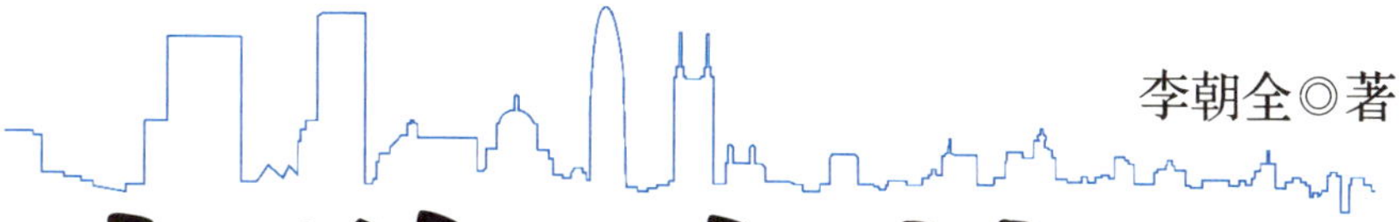

李朝全◎著

奔跑追梦人

经济特区奋斗者之歌
改革开放的壮丽乐章

浙江教育出版社 · 杭州

上篇

我们都是追梦人

PART ONE

一个三万多人的小渔村，四十年间竟然跻身全国一线城市，与有着数千年历史的北京、上海、广州平起平坐。在这一发展奇迹的背后，究竟有着什么样的奥秘？

作者多次深入深圳市采访，接触了成千上万的深圳人，通过了解他们的命运抉择，力图描绘出孔雀东南飞、人往深圳走的时代热潮，刻画出深圳人敢为天下先、奋力奔跑追逐梦想的动人景象，从而试图揭开深圳崛起的人才密码。

最年轻的大城市

深圳是全国最年轻的一座超大城市。1979年，深圳市设立，1980年8月深圳被全国人大常委会批准为全国第一个经济特区。深圳特区自建立至今不过四十来年，但它却已发展成为与北京、上海、广州平起平坐的全国一线城市。深圳是国务院定位的全国性经济中心城市和国际化城市、国家创新型城市、国际科技产业创新中心、全球海洋中心城市，也是全国金融中心城市之一。

截至2018年末，深圳有常住人口1302.66万人，比2017年末增加49.83万人，实际居住人口超过2000万人。深圳人口平均年龄约33岁，堪称全国“最年轻”的一座城市。然而，四十年间，这座年轻的移民城市却汇聚了数百万的各种人才，创造了惊人的经济奇迹。

2020年，深圳全市GDP达27670.24亿元，人均GDP为15.76万元。

还有一个数据能够印证深圳这座年轻城市的独特魅力。2002年，深圳已拥有55个少数民族，是继北京之后全国第二座汇聚齐56个民族的大城市。2013年，全市少数民族人口109万人，超过上海、北京、广州，成为全国少数民族人口聚居最多的城市。

1979年的春天，有一位老人在中国的南海边画了一个圈，从此揭开了深圳蓬勃发展的序幕。那时的深圳还只是一座小渔村，而现在，经过40余年的发展，深圳已经成为一座拥有2000多万人口的超大型城市，其国民经济生产总值几乎超过了香港。这个小渔村快速的发展变化令人称道，“深圳速度”如同一段传奇，镌刻在中国改革开放波澜壮阔的画卷中。

在考察深圳发展历程时，我们不能不佩服，成千上万的年轻人和他们实现梦想的动力与创造力，支撑起了深圳速度，支撑起了深圳的发展奇迹。深圳张开怀抱，伸开双臂，热情地拥抱来自五湖四海的年轻人，诚恳而响亮地喊出“来了就是深圳人”的欢迎词。在深圳，尽管人们面临高房价和较高的生活成本等各种压力，但是，在深圳，到处都是年轻人，大家几乎都是一无所有，然而一切皆有可能，有的人希望在这里大展才华，有的人希望在这里创办一家自己的企业，有的人希望在这里实现财富的梦想，让自己的父母和家人过得更幸福更快乐……梦想到处流淌，全新的生活充满种种机遇和可能性。

深圳是一座年轻的城市，深圳是一座充满梦想、充满活力的城市。千千万万的年轻人在这里创业，打工，劳动，在这里实现他们的梦想。深圳的发展离不开人，离不开人才，正是这群充满生机与活力、满怀梦想与激情的人，共同奏响了深圳发展的辉煌乐章。

"人才大战"稳坐铁交椅

人才是第一资源。有了人才就有了一切，尤其是有了年轻的人才，就有了一座城市发展进步无限的可能和空间。

2017年以来，全国许多二线、三线城市发起"人才大战"，纷纷出台各种吸引人才，尤其是吸引大学毕业生、年轻人的政策。西安、苏州、杭州、南京、宁波、无锡等一大批城市都出台了人才新政，有的降低落户门槛，有的给予购房优惠乃至半价购房的优待，有的给住房补贴，给大学生安家费、科研经费等，使尽各种解数吸引和招揽人才。这一场关系各大城市未来的人才争夺被媒介称为"人才大战"。西安、天津、武汉、成都等二线城市，甚至超越了传统的一线城市北、上、广、深，成为人们落户定居的首选之地。2018年，各地政府在总结政务业绩时，除了GDP、财政收入这些传统的统计数据之外，都特别强调在过去一年里引进人才的数量。比如2018年12月西安市政府宣布，自2017年放宽落户门槛以来，已有100万人在新政策下获得西安户口，其中2018年落户的达75万余人。成都市高新区政府宣布，

2018年4月以来，有超过3万名大学毕业生落户高新区，该区各类人才总数达到了52.5万人。武汉2018年三个季度大学生落户20.5万人，是前一年的2倍……

有专业人士分析提出，城市吸引人才的因素，城市人口是净流出还是净流入，将成为今后城市发展的一个重要的分野。近几年的城市“人才大战”，正是这种分野趋势的一种政策引导。引进人才对一座城市的影响，首先是可以为城市的经济发展提供充足的劳动力和人才资源，从而为城市发展提供强大的动力。改革开放以来，数以千万计流动人口的涌入，使得深圳迅速崛起并发展成为国际化大都市，就是最好的证明。其次，流入人口也形成了一个巨大的消费市场，产生庞大的购买能力。同时，在全国人口老龄化进程加速的背景下，吸引年轻人的能力，势必将极大地影响城市的竞争力。年轻人意味着劳动力、购买力、消费力，意味着纳税者，从而确保了城市稳定而强大的财政收入。

城市要吸引人才，除了政府要向服务型政府转变，要依靠人才政策来吸聚人才之外，还需要向开放宜居、提供配套、优化营商环境等方面转变，亦即为人们创造美好的生活环境和优越的工作条件，从而吸引更多的企业入驻，通过企业、产业的发展来吸引人才、留住人才。

在统计数据时人们惊奇地发现，2018年我国常住人口增量最多的城市依旧是深圳特区。这座城市拥有高度的包容性和众多的淘金机遇，一直都是年轻人追梦圆梦的理想之地。

2019年，各个一线、二线城市的吸引人才政策继续加码升级，天津、辽宁、黑龙江、福建等多个省、市出台了人才新政，全面放开对学历型人才的落户限制，实行无门槛落户，包括先落户再就业，亲属可投靠，等等。西安提出中专毕业（含技校）生均可落户。杭州提出大专生即可落户。上海甚至提出政府要替海外人才缴纳个税。许多城市出台了针对人才的购房、租房补贴和低价购房甚至半价购房的优惠政策。

深圳市仍旧走在前列，继2018年6月实现大学毕业生引进“秒批”之后，2019年2月28日，深圳将落户“秒批”范围扩大至高层次人才、大专学历以上人才、技能类人才、留学归国人员四类人才，正式实施在职人才引进和落户“秒批”。深圳市政府宣布，来粤港澳大湾区工作的境外短缺人才，将享受15%的个人所得税减免优惠——原本年薪100万元需要缴纳45万元的个税，现在可以少缴纳六七万元，相当于一下子便增加了六七万元的收入。

在2017年以来各城市的人才“抢夺”大战中，深圳始终稳坐钓鱼台，坐稳了第一把铁交椅。2018年稳收大学本科以上人才20万人。1980年，深圳经济特区刚建立时，全市只有两名技术员：一名拖拉机维修员和一名兽医。而如今，全市人才总量超过600万人，科技大军人数超过200万人，高层次人才总数近1.8万人，留学回国人数超过15万人，2015年底至2020年6月底，全职院士从12名增加到46名，人才集聚效应不断增强。

深圳这座年轻的城市为何能持久地保持它的吸才力，特别是对年轻人才的吸引力？它的人才战略是如何成功实施的？——按说深圳的生活成本并不低，房价居高不下，生活压力巨大，但是，为什么那么多人都要到深圳去？那么多优秀人才都要前赴后继地来到深圳？这里面究竟有什么奥秘？或者深圳的人才发展战略究竟存在着什么样的密码？

这一切，都亟待我们一一地揭开和解密。

逐梦东南飞

彭名燕是深圳市的一位著名作家，深圳市作协前任主席。来深圳之前，她已是北京电影制片厂的著名编剧，也是一位在全国有影响力的电影演员。1984年，由她担任编剧的电影《黄山来的姑娘》获文化部全国优秀影片奖。1992年，她正式调入深圳市文联，到文艺创作室当专业作家。从演员到编剧，从编剧到小说家，从小说家到作协主席，彭名燕走过的道路，可以说是他们那一代追梦的文艺青年所走的一条典型的从文之路。

彭名燕出生于重庆，祖籍江西南昌，在重庆完成了小学和中学学业。15岁的彭名燕，能歌善舞，在学校里小有名气，老师便鼓励她报考北京电影学院。恰好那一年，北京电影学院在重庆设立了一个新考区。电影学院属于提前招生，即便报考不成功，她还可以继续参加高考，因此她轻装上阵，在考场很有创意地完成了一个小品。出人意料的是，在几千名考生之中，“小燕子”彭名燕被录取了。当她拿到北京电影学院的录取通知书时，激动得把手上正在复习准备参加高考的书本扔到了窗外，从二楼跑到一楼，兴奋地庆祝自己不用再参加激烈的高考角逐。

大学毕业后，彭名燕成为一名电影演员。有一天，她突然接到广西电影制片厂的一封加急电报：“你的剧本《白杨树下》已通过审查，速来我厂进行改编事宜。”那个时候上一部电影非常难，因此彭名燕兴奋不已，心里想：我终于解脱了，再也不用十年磨一剑苦练唱功和演技去做演员，我可以改行从事创作了。当时的她已快40岁，因为受年龄和外在形象、剧本和导演等多种客观条件的限制，她已经看到自己在演员这条路上是走不远的。他们属于被“蹉跎”的一代演员，因“文化大革命”而耽误了十余年的岁月，能够参加演戏时大都已经30多岁了。彭名燕还算抓住了青春的尾巴，在20世纪80年代初演了几部有影响的戏：在1978年中央电视台第一部电视单本剧《教授和她的女儿》中，她饰演教授的女儿；在电视剧《何日彩云归》中，她饰演钟离秀兰；在《欧阳兰》中，她饰演欧阳兰。这些角色的成功扮演，使彭名燕成了当时的明星级演员。之后她又参加了《甜蜜的事业》《潜影》《爱与恨》等影片的拍摄，并主演了谢添导演的《繁花似锦》。

彭名燕写剧本的缘起，纯属无心插柳。1968年，她被下放到五七干校，每天必须上交两篇批判稿。以前上学时她最讨厌写作文，但没想到她却因写批判稿而写出了名，最后发展到北影厂的批判稿都要她来写。当时她写了一篇批判电影厂厂长汪洋的稿子，汪洋看后不仅没有生气，反而带着欣赏的口气对她说：写得好，以后可以当作家了。汪厂长的话，让彭名燕既错愕又惊喜。

那时已是名演员的葛存壮写了一副对联“花笔杆笔下生花，油嘴巴嘴中冒油”赠送给她。彭名燕就这样阴差阳错地走到了写作这条路上。

按说在北京电影制片厂，彭名燕的事业正一片光明，正在不断上升，但是她却突然做出了一个令人震惊的决定：南下深圳，独辟蹊径，另觅佳枝。

原来，1991年彭名燕跟随一位领导访问深圳。那时的深圳还不发达，到处都是一片荒凉，但是前景非常看好，那位领导就动员已是著名编剧的彭名燕到深圳来发展。其间，他们会见了时任深圳市市长，那位领导就向市长推荐彭名燕这个人才。市长让彭名燕在一张小纸片的背面写上：“我是彭名燕，北京电影制片厂二级编剧，自愿来深圳，奉献自己的才能。”当时的彭名燕已经获得了一些全国性的文艺奖项。

随后三个月，南下一事杳无音讯。彭名燕以为这事可能就没戏了，没想到她后来有一次到深圳去参加朋友聚会，坐在她隔壁座的同志得知她是北影的，就问她：“你认不认识彭名燕？”彭名燕回答：“正是本人。”那位同志马上惊奇地说：“我找你都找了三个月，市长的批示一直放在我的抽屉里。因为你的留言上只有一个工作单位，我们一直没能联系上。现在可好，踏破铁鞋无觅处，得来全不费工夫，真人就在眼前！”

原来，那位同志就是深圳市人事局的领导。他当时就约彭名燕到自己的单位去，拿出了市长的批示，开出了一份调令。彭名燕拿着调令，自个儿去北京电影制片厂提取个人档案。北京电影制片厂却坚决不放她走，领导说马上就给她解决住房和待遇的问题。但是，彭名燕一旦决定了的事，九头牛也拉不回，最终领导无奈，只得放她走了。彭名燕就拿着自己的档案，到深圳市组织部报到。组织部的人问她愿意去影视公司还是文联，影视公司收入高，但是工作不稳定。彭名燕最终选择了收入少的文联，担任作协副主席，当时深圳市作协主席是林雨纯。2002年林雨纯调走后，彭名燕接任深圳市作协主席、文联副主席，兼任广东省作协副主席，直至2011年退休。

到深圳以后，彭名燕的创作活力一下子就被激发了出来，她成功地完成了从编剧到小说家的华丽转身，先后推出长篇小说《世纪贵族》《日耳曼式的爱情》《杨门家风》《倾斜至深处》等一批优秀作品，在全国产生了相当大的反响，她也因此成为深圳文学的一个标志性符号和领军人物。她的人生经历了第三次转折，又一次迎来了自己事业的辉煌。

回顾20多年来在深圳的创作和生活经历，彭名燕感到满足而幸福，深圳给了她发展的机遇，也给了她优裕的生活条件。在这里，她实现了自己成为一位小说家的梦想。

和彭名燕的经历有些相似，著名作家杨黎光第一次到深圳是在1986年，他对深圳最初的印象是到处都是热火朝天的场面，给人一种激情澎湃的感觉。那时，杨黎光在家乡安徽省安庆市的《法制文学选刊》编辑部担任副主任，同时也从事文学创作，已经出版了两部长篇小说，生活非常稳定，他也很满足，并未设想过要改变自己的生活。

然而，1991年，当他再次赴深圳采访时，深圳的朋友又热情邀请他到深圳法制报社工作。这一次，他动心了。

1992年1月8日，安庆刚刚下过一场50年不遇的大雪，杨黎光从冰封玉裹的家乡，辗转坐火车来到深圳罗湖火车站时，他惊喜地看到，马路边竟然还盛开着绚丽的扶桑花。

这一年，深圳特区人口的平均年龄只有26岁，而杨黎光已经38岁。在报社他从一名普通编辑开始做起，很快就当上了副刊部主任、报社编委。

刚到深圳，杨黎光感受到的是充沛的青春气息，城市日新月异的迅猛发展，几乎每天都会给他带来不同的变化与惊叹。在深圳，这种热火朝天的氛围让他每时每刻都充满了激情。这与自己家乡那种四平八稳、循规蹈矩的生活氛围形成了强烈的对比，杨黎光的精神状态从此发生了很大的变化。

其实初到深圳，杨黎光的物质生活不仅没有得到提高，反而更艰难。他回忆说，刚到报社时，开头的3个月只能领试用期工资，每月只有380元。报社发给他一辆自行车，分给他一间6平方米的房子，那是城中村出租屋中一间没有空调的房间。半年后，他的妻子和女儿也来到深圳，一家人就挤住在那6平方米的小房间里，房间里只能勉强放下两张床。试用期满他的工资才涨到800元，后来，他担任了副刊部主任、报社编委，工资才慢慢地涨上来。他的女儿都已经上小学四年级了，一家人还是挤住在6平方米的房间里，而且还距离他女儿的学校特别远。无奈之下，杨黎光借了朋友单位一间放杂物的仓库，一家人搬到那里住了4年，直至分到新房子。

虽然生活并不轻松，但是杨黎光相信，只要自己努力，日子总会一天比一天好，这是一座移民城市，它不排外、很宽容。那时的深圳人对未来都有一个美好的憧憬，杨黎光也不例外。

面对火热的特区生活，杨黎光感觉自己已无法安静地伏案写小说了。1992年初，邓小平在深圳视察，3月26日《深圳特区报》率先发表了题为《东方风来满眼春——邓小平同志在深圳纪实》的报道，接着又是一系列的评论，集中阐述邓小平南方谈话的重要内容。这时，深圳全市到处激荡着的那种热火朝天的改革潮声，使杨黎光再也无法静下心来继续构思小说了。也正是从这时开始，他转向以新闻和文学相结合的报告文学创作，从此开辟了个人创作的新天地。

1994年初，杨黎光调到深圳特区报社总编室工作。从夜班编辑做起，晚上值夜班，白天采访写作。在《深圳特区报》上，他连载了轰动一时的长篇报告文学作品《没有家园的灵魂——王建业特大受贿案探微》，引起全国轰动。后来，这部作品获得了首届鲁迅文学奖，也使杨黎光一下子成了全国闻名的报告文学作家。此后，他更是一发不可收拾，先是以《生死一线》再次获得第二届鲁迅文学奖。接着，2003年当SARS（“非典”）首先在广东发生并随后扩散至全国各地之际，他细致采访，深入探究，严肃思考，写出了令人振聋发聩的反思性长篇报告文学作品《瘟疫，人类的影子——“非典”溯源》，又一次荣获鲁迅文学奖。杨黎光创造了一个至今无人、今后恐怕也难以被打破的纪录——他的作品连续三届蝉联鲁迅文学奖。

正当大家都给他贴上“报告文学家”的名号之时，杨黎光却再次让人惊奇：他创作的长篇小说《园青坊老宅》入围了茅盾文学奖终评作品（或称提名作品）!

“三光”是南下深圳作家群的显赫名片。“三光”中除了杨黎光外，还有杨争光和邓一光。

杨争光是陕西乾县人，山东大学中文系毕业后，曾在西安电影制片厂担任编剧，他担任编剧的作品《水浒传》《双旗镇刀客》堪称经典，成为一代人的回忆。

1999年，杨争光移居深圳。彼时，他已颇具声名。由他担任编剧的《水浒传》热播之后，杨争光更是名扬天下。深圳向他伸出了橄榄枝。作为西安电影制片厂的金牌编剧，杨争光并没有满足于在西影继续过安逸的生活，经过再三考虑，他选择了年轻的深圳，调往深圳市文联任专业作家。

听说杨争光要调走，有报社的记者前来采访，随即发表了题为《陕西文坛又见孔雀东南飞》的报道，杨争光也因此被朋友们戏称为“杨孔雀”。

“蓬勃、清爽、充满生气。特别是那条深南大道，绿草鲜花，宽阔舒展，就像铺展开去的精神和心情。”杨争光这样描述当年的深圳。

刚到深圳，他就被这里的蓬勃朝气和年轻活力吸引住了。那时的深圳年轻、时尚、美丽、包容，杨争光毫不掩饰地说自己喜欢这里，这里的人们也简单好相处，没有那么多弯弯绕绕。深圳给了他家的感觉，让他拥有了一个自由创作的环境。

扎根深圳后，杨争光相继写出了长篇小说《越活越明白》《从两个蛋开始》《少年张冲六章》《驴队来到奉先畤》等一批佳作。

杨争光说："深圳，像一架望远镜，它给了我另外一双眼睛。如果我永远在故乡，写出来的小说不会是现在这个样子。"

邓一光是湖北人，原来在武汉市文联任职，他是2008年才到深圳工作的。到深圳并非邓一光计划中的选择，他的初衷是去海南或者珠海，但是因为朋友的劝告，还有家里孩子的意见，最终他选择了深圳。深圳地处中国南部，属亚热带季风性气候，空气干净，植被丰富，这些都是他选择的重要标准。

深圳的原住民只有三十来万人，而现在深圳的人口已经超过2000万，这是一座典型的移民城市。当年，这座城市有个著名的口号：来了就是深圳人。在邓一光看来，这是一个善意的愿望，你也可以把它看作好客者发出的邀请。

然而，到了深圳以后，邓一光发现现实并不美好，而是面临严峻的生存环境，生活相当艰难。深圳，不是来了就能安居乐业的，做一个深圳人的成本很高。很多人因为负担不起生活的高成本，创业失败，经不住生存的挤压，或者别的原因，而选择了离去。深圳这座年轻的城市不接受忆旧，甚至忌讳谈到近在咫尺的过去，而是希望人们立足当下，放眼未来。

在最初的几年里，邓一光的生存压力很大，为了把家人安顿好，他耗费了很多心力。但是，他对自己的移居地一直怀有强烈的好奇心，现实生活逐渐地加深了他和这座城市的联系，并且通过写作，他也建立了自己个人化的地域情感。他最近十余年的小说创作，大都以深圳为背景，将深圳人作为自己的创作对象。移居深圳后，邓一光的创作风格也改变了。他放弃了那些令人心潮澎湃的重构历史的故事，开始书写身边平凡甚至卑微的小人物，“在故事里建构一座自己的城市”，迄今为止已结集出版了三部“深圳人系列小说”。此外，他还创作出版了长篇小说《我是我的神》《人，或所有的士兵》等。《我是我的神》2011年荣获第二届中国出版政府奖图书奖，2019年入选“新中国70年70部长篇小说典藏”。《人，或所有的士兵》2019年荣登《收获》文学排行榜长篇小说榜，位列第二。

英雄有用武之地

如果说彭名燕、杨黎光、杨争光、邓一光是20世纪90年代孔雀东南飞、人才向南流的代表的话，中国农业科学院黄三文研究员，则是21世纪以后特别是新时代以来北方人才外溢南下的一个突出代表。

趁着黄三文正好在北京，我专门去中国农业科学院采访了他，了解他的科研经历以及选择到深圳去开辟事业发展新天地的来龙去脉。

黄三文，1971年出生于湖南岳阳，荷兰瓦赫宁根大学博士毕业。1996年至今，在中国农业科学院工作。他的研究领域包括植物基因组学、蔬菜分子生物学和分子育种研究，主要致力于构建蔬菜全基因组设计育种的理论和方法体系，打通从基因组到新品种的技术路径。曾入选科技部中青年科技创新领军人才，担任国家973项目首席科学家等。曾任国家杰出青年科学基金项目主持人，曾获2018年度何梁何利基金科学与技术进步奖（生命科学奖），他牵头的项目曾获国家自然科学奖二等奖，等等。

少年时期，出生在农村的黄三文看到，自家地里种植的由袁隆平培育的杂交水稻产量翻了一番。这，在他的心中播下了一颗农业科技创新的种子。高考时，他便报考了北京农业大学（今中国农业大学），从此成了一名整天与农作物打交道的“农科人”。

2000年，黄三文来到荷兰瓦赫宁根大学攻读博士学位，开始钻研蔬菜分子设计育种。当时，瓦赫宁根大学开展马铃薯抗晚疫病基因克隆研究已有10年，但一直未能取得显著进展。

经过深入研究，黄三文认为很可能是克隆基因的方法存在问题所致。于是，他大胆地提出采取更可靠的图位克隆法，这一建议被他的导师雅克博森教授所采纳。

采用图位克隆法克隆基因，是一项异常艰巨的任务。为了潜心钻研，别的学生每天工作8小时，黄三文每天则至少要工作12小时。周末大家都休息了，黄三文正好可以“独占”实验仪器，工作效率反而更高了。

通过很长一段时间的高强度的工作，最终，他和英国科学家合作建立R3a-Avr3a基因互作系统，构建起了马铃薯晚疫病菌研究的模式体系。

人类基因组计划项目是由美国科学家于1985年率先提出的。基因组学是生物学、信息科学、数学、工程技术交叉的一门学科。我国是世界上最早将基因组学应用于农业的国家，早在2002年就完成了水稻基因组的精确测序任务。“这就好比我们以前只有一个手电筒，光源非常有限，房间里会存在很多死角。现在有了基因组学，通过全面揭示物种所有的基因组，相当于找到了房间的钥匙，打开了灯，房间里就没有了黑暗的死角了。”黄三文这样介绍基因组学研究的重大意义。

中国农业科学院农业基因组研究所（以下简称基因组所）是中国农业科学院与深圳市政府共建的一个项目，也是为了响应中国农业科学院在华南布局的战略需求，选择特区作为落脚点是非常合适的。深圳市的历任领导都非常支持基因组所的工作。市里将大鹏新区东部的一家制衣厂改造后免费提供给基因组所使用。深圳市投入了2亿元，划拨了50亩地和2000亩的农场来建设基因组所。现在，基因组所拥有8000平方米的工作空间，已从国内外吸引了20多位科学家，整个工作团队有300人，其中包括一个博士后科研工作站，站里有100多名博士后，另有100名研究生。

2014年，农业部部长韩长赋在考察深圳基因组所时提出了“五所”的定位：前沿所、基础所、平台所、人才所和深圳所，要求精准聚焦前沿研究，从事农业中最基础的科学研究。

在前沿研究方面，基因组所的一个团队采用生物分析技术，开发出了第三代基因测序技术，其平均算法已成为国际上通行的算法。

在基础研究方面，基因组所的研究人员发现了黄瓜的苦味基因、番茄的风味基因、水稻的品质基因等，提高了相应农作物的产量。

在平台建设方面，鉴于食品安全日益受到社会关切，基因组所及时改组，加强了对家禽家畜的研究，从鸡的肠道微生物分析入手，成功构建出第一个鸟类宏基因组图谱，为减少抗生素的使用提供了基础数据。将来希望做到“无抗”，保证鸡肉的食用价值，对人体更为健康，为食品安全做出贡献。

在服务国家“一带一路”建设方面，基因组所与作物所可以将我国先进的育种技术进一步推广到“一带一路”沿线国家，从而为人类造福。

在服务深圳方面，可以助力深圳帮扶的34个县脱贫，包括：在新疆喀什种植盐碱稻，试种推广了几百亩地，进行品种改良；在塔什库尔干县联合中国农业科学院兰州牧药研究所进行牦牛品种的改良；在广西巴马进行巴马香猪的改良，支持深圳的对口帮扶，服务国家的创新战略。

为响应习近平总书记提出的“三个面向”——面向世界农业科技前沿、面向国家重大需求、面向现代农业建设主战场，为农业提供新品种和绿色防虫的产品，基因组所率先构建农业基因组科创联盟，共有100多家企事业单位参与，将基因组所的科研技术运用于科研及产业企业，为深圳的食品安全、可持续发展和生态安全、对口帮扶、科创中心等做出了较大贡献。

食品安全是其中重要的一环。譬如“良猪计划”，即通过基因组选出更好的猪品种，培育出良种猪，生产出放心肉；提高饲料的利用率；通过基因的身份识别来跟踪猪肉的物流，因为基因身份是唯一的，故而可以借此追溯市场上销售的猪肉的来源。

在生态安全方面，通过对外来物种入侵路径、生物危害展开研究，来减少甚至避免外来物种的侵害。比如通过对入侵物种薇甘菊基因组的测序，即可有针对性地研发出纳米基因农药，以制止薇甘菊蔓延。

在人才建设方面，基因组所作为七部委的科研体制改革试点所之一，一直在探索新的用人机制，以科研为产业，通过引进一流人才来实现学科融合。

2014年，黄三文首次来到深圳筹建基因组所时，脚上穿的是一双跑步鞋。在他的想象中，深圳就是一座适合“奔跑”的城市。黄三文的憧憬与梦想是在深圳打造一个未来农业科技创新的摇篮，根据每个人的营养状况及营养需求量身定做，以可持续的方式为其提供个性化食品，在生态上和经济上都实现可持续。面向未来，打通从生产到消费端的信息，随着“三个加速进步”——基因组学加速进步、信息科学加速进步、物流技术加速进步，推动个性化食品时代的到来。

黄三文满怀信心地说，我们通过量身定做食品，可以为每一位消费者提供其需要的食物。同时让农民知道自己应该种什么，为农民进行市场预测。提高农产品的价值，使信息更加透明。个性化食品的研制是一项颠覆性的创新，能够让农产品成为个性化健康方式的提供者，使农业成为更有前途的一种产业，也为农民赢得更大的利益和尊严。这也是乡村振兴的终极目标。美国农产品生产依靠的是大规模种植，我国通过发展个性化农业这种柔性生产，可以更好地为农业发展谋划未来。“预测未来的最好方式是由自己来创造未来。”黄三文说。当然，个性化食品的研制还有很多问题需要解决，譬如如何研制出某种农产品以满足各种营养需求？如何测定每个人的个性化需求，以及每个人消化吸收的喜爱偏好？如何实现人的基因组与农产品基因组的匹配？农业的这项颠覆性创新可以分几个阶段进行，这是在谱写民族复兴的农业新篇章。

人们对农业普遍存在误解，认为农业是一种低端的产业。在黄三文看来，实际上，农业可以实现高端，转变成朝阳产业。用10年时间做农业科学基础研究，再过10年它就可成为一门产业，要有前瞻性的眼光。只要把农产品的品质做好了，它的附加值就能提高。

黄三文带领的团队因完成“黄瓜基因组和重要农艺性状基因研究”而获得了2018年度国家自然科学奖二等奖。这个成果实际上解决的问题就是如何培育出品质优良且口感上佳的黄瓜品种，满足群众餐桌上的需求。经过5年的时间，他们找到了合成苦味物质葫芦素的9个基因，这9个基因源源不断地制造苦味物质葫芦素，苦味的出现由两个基因组开关控制。在被“驯化”的黄瓜中，控制果实苦味的主开关是关闭的，因而味道清新，而叶片苦味开关是开启的，以抵御虫害。一旦叶片苦味开关失灵，黄瓜便把果实上的苦味开关打开，9个基因立刻生长出葫芦素，果实就变苦了。因此，找到叶片苦味开关失灵的植株，是进一步研究的关键。

而要判断黄瓜的叶片苦不苦，最简便的方法就是靠人的嘴巴去品尝。为了提高准确性，需要三个人一组同时品尝，效果一致才能做出最终的判断。

黄三文带领20多个老师和学生，在湖南种下20亩地，一共产出了6万根黄瓜。每一根黄瓜配三片黄瓜叶，都由3个人独立地进行品尝，研究团队也按3人一组分成若干个小组。每人身边都放一大瓶水，吃一口黄瓜，漱一下口，再接着品尝下一根黄瓜。这个品尝过程历时20多天。长沙的夏天非常炎热，长时间地品尝一种蔬菜，最终每个人舌尖都麻木了。

黄三文团队将6万根黄瓜、18万片苦叶子逐一品尝下来，幸运地找到了两株叶片不苦的黄瓜，意味着这两株黄瓜的叶片苦味开关失灵。它们珍贵的种子被完好地保存起来。通过对这两株黄瓜的研究，团队找到了控制黄瓜叶片苦味的开关，并对照其布局和功能，在黄瓜的果实中顺藤摸瓜地找到了控制黄瓜果实苦味的开关。黄三文团队找到了控制黄瓜苦味合成和调控过程中的11个关键基因，其中9个基因负责苦味物质葫芦素的合成，而另外两个基因Bi和Bt则被形象地命名为主开关基因，Bi基因负责控制叶片苦味，Bt基因负责控制果实的苦味。如果可以准确调节这两个主开关基因，就可以保证黄瓜的果实不苦，同时提高叶片中的葫芦素以抵御害虫的侵犯，淘汰农药，从而培植出叶苦瓜不苦的黄瓜新品种。

除了寻找不苦的黄瓜之外，黄三文他们遇到的困难还有，当时的基因组研究技术还比较原始，基因组研究里有一个环节叫拼接，相当于拼图，一般的拼图500块到1000块就很难拼了，但是他们的这个“拼图”可能有300万块至3000万块，要将它们拼出一个图来，是相当困难的事情。

通过对黄瓜基因组的研究，黄三文团队发现了50多个影响黄瓜产量、品质和抗病性的基因。利用这些基因，就可以开展基因组的育种分子设计，把黄瓜育种从常规育种时代推进到分子设计育种时代。

通过和湖南省蔬菜研究所合作，黄三文的合作伙伴培育了一系列黄瓜品种，在湖南、湖北、广西、广东、江西、浙江和福建等省区进行较大面积地推广种植，累计达150多万亩，帮助农民创造了100多亿元的产值。看到农民通过种植新品种黄瓜获得了财富，作为农业科研工作者，黄三文他们感到特别欣慰。

研究黄瓜苦味基因的论文发表在《科学》（*Science*）杂志上，得到了国内外同行的高度认可。黄瓜基因组的研究带动了整个蔬菜作物基因组的研究，后来，他们又做了番茄基因组和马铃薯基因组的研究。

2017年，我国正式启动“优薯计划”，黄三文的深圳基因组所团队负责基础研究，云南师范大学负责育种。

传统的马铃薯种植，是将做种用的马铃薯切块埋入土内进行无性繁殖，“优薯计划”则是用杂交种子播种来替代薯块繁殖。如果这一计划得以成功实施，那么，原本每亩地需要200千克种用马铃薯，现在则只需要2克种子。这样，一方面，可以克服传统生产方式存在的繁殖系数低、储运成本高、易携带病虫害等缺陷，大大提高播种效果；另一方面，我国南方的冬闲田，在种完水稻后，还能再种上一季马铃薯，土地资源就能得到更加充分的利用。

根据“优薯计划”，我国南方预计有2亿亩的种植潜力，其产能相当于3亿亩玉米加3亿亩大豆，可饲养4亿头猪，能够极大地填补我国粮食进口的缺口。袁隆平院士曾高度评价“优薯计划”，认为这是一项颠覆性创新。可以预见，马铃薯种子的这场绿色革命，必将为国家粮食安全做出重要贡献。

2019年，黄三文研究团队解决了马铃薯自交不亲和的难题，获得了可直接用于育种的自交亲和的马铃薯新材料，淘汰了自交衰退基因。之后，他们培育出了首个概念性杂交品种“优薯1号”。

番茄被誉为“世界第一大蔬菜作物”。番茄之所以如此受欢迎，与它的营养价值高不无关系。番茄富含人体所需的多种维生素、胡萝卜素、微量元素、蛋白质、糖类、有机酸和纤维素，既可作水果，也可入菜。

但是，多年以来对番茄的科研聚焦在增强抗病性和提高产量方面，却让番茄逐渐丢失了原来的风味。为了“寻找儿时的美味番茄”，黄三文开始倾力进行番茄风味研究。

然而，蔬菜风味不是像外形、色泽等易于量化的育种性状，它能“品尝到”，但“看不见、摸不着”，这就决定了研究的难度。风味研究，首先要弄清楚什么是风味，然后才能进一步探究控制风味的遗传密码是什么。

为此，黄三文和美国佛罗里达大学哈里·克利教授组成了一支20人的联合研究团队，开展了历时4年多的协同攻关。

研究团队启动了“让消费者参与育种”计划，组织了一个由170个不同年龄、性别的人组成的“品尝小组”，对100多种番茄进行多次严格的品尝实验，并利用数据模型分析确定了33种影响消费者喜好的主要风味物质，这些物质包括葡萄糖、果糖、柠檬酸、苹果酸和29种挥发性物质，揭示了番茄风味的物质基础。

黄三文团队在科研中创新性地引入消费者对来自世界各地的400多份番茄品鉴打分，再进行基因组测序和生物信息学分析，找出9亿个碱基对、3.5万个基因与33种决定番茄风味的物质是怎样发生关联的。其间需要进行庞大而繁复的计算，位于深圳市大鹏新区的基因组所利用深圳IT＋BT的优势，构建了番茄变异组、代谢组和转录组大数据库，分析发现了控制番茄风味的50个基本位点，成功找到了影响番茄风味的33种关键物质及相关基因，从而首次阐明了番茄风味的遗传基础。

研究结果表明，番茄之所以没有以前的味道了，是由于在现代育种过程中过于注重产量、外观等商业特点，而使控制风味品质的部分基因位点丢失，造成13种风味物质含量在现代番茄品种中显著降低，最终改变了番茄口感。

2012年，黄三文团队完成了番茄基因组测序总任务的六分之一，成果以封面文章形式发表在《自然》（*Nature*）杂志上。2017年，他们发现了番茄风味调控机制，登上了《科学》杂志的封面，这篇论文第一次全面揭示了番茄风味是由哪些物质形成的，这些物质又受到哪些基因的控制。2018年，论文《番茄育种对果实代谢组的改变》刊发于《细胞》(*Cell*)杂志。

黄三文团队关于番茄的科研成果实现了国际三大学术期刊刊发的“大满贯”，也获评2017年、2019年中国农业科学重大进展及“十三五”时期农业科技标志性成果。

以前，我国的蔬菜基因研究是跟着别人跑，而现在，我们在一些学科研究上开始实现领跑。这是历史上的第一次。

发表科研成果并不是黄三文团队努力的终点，而恰恰只是起点，他的最终目标是满足消费者的需求。

找到了影响番茄风味的33种关键物质及相关基因，这无异于找到了控制番茄风味的“钥匙”。接下来，通过科学家与农艺师的携手辛勤劳作，两年后，“深爱”1号番茄新品种诞生了。

“深爱”1号颜色粉红，外形像初生的鸡蛋，口感酸甜、风味浓郁，糖度稳定在8度，南北方均适合栽培。之所以将其命名为“深爱”，是因为基因组所诞生于深圳，发展于深圳，每一次成绩的取得都与深圳的支持分不开。

紧接着，科学家又培育出“深爱”2号，深红靓丽的樱桃番茄，由于甜度高，直接采摘还会觉得粘手。

截至目前，“深爱”系列已推出了10个品种，每个品种各具特色，各有千秋，有的串型好、回味甜，有的表皮超薄、入口即化……

基因组所将“深爱”系列首先应用于扶贫攻坚及乡村振兴工作，在深圳对口帮扶的广西河池巴马及河源市均推广种植新品种，同时培育当地技术人员，取得了较好的经济价值。

基因组所试验基地种植的“深爱”系列，亩产量可达一万多斤。这一系列番茄的种子有望于2021年8月上市，届时就能让更多的种植户种植新品种番茄了。

2021年2月25日，基因组所举办了“深爱”系列番茄新品种发布会，宣告该所2017年1月登上国际顶级学术期刊《科学》封面的科研成果，已经转化为市民餐桌上的美食，正式向食品行业和消费者推介。

黄三文认为，农业领域的科研不能停留在纸上，发表论文不是终点而应是起点，一定要把科学研究与国家需求、地区发展及老百姓的需求结合起来。从事农业科学基础研究，黄三文心中还有一个更宏伟的目标，那就是为消费者创造和提供个性化食品，实现供需两端的精准对接。他倡导，仿照“荷兰食品谷”，在深圳打造一个“国际食品谷”，打造世界知名食品创新策源地和未来食品先行示范区，为粤港澳大湾区和国家食品安全提供重要支撑。在他看来，深圳虽然没有大农业，但深圳拥有雄厚的信息技术实力和蓬勃发展的生物技术产业优势，深圳完全可以借鉴荷兰的做法和经验，通过农业科技实现重大突破。

中国农业科学院与深圳市政府签订战略合作框架协议，在深圳建立国际农业食品科学中心。“国际食品谷”建设被列入深圳市建设中国特色社会主义先行示范区的重点任务。深圳市“菜篮子”“米袋子”170多家龙头企业整体加入食品谷，华中农大、华南农大、中山大学等与基因组所合作加入食品谷……这一系列协同创新的举措将为深圳带来重大的产业机遇，推动深圳建设成为农业食品科技强市。

种子是农业的“芯片”。基因组所积极响应中央号召，围绕种业研究，组建了近600人的研究队伍，获批“国家农业基因组学研究中心”“岭南现代农业广东省实验室深圳分中心”“深圳市基础研究机构”等创新集体，2020年在自然指数中位居全国农业科研院所第一名（进入该自然指数排名的全国农业科研院所共有39家）。

2020年5月，黄三文被中国科协等单位授予“全国创新争先奖状”；10月，入选40名深圳经济特区建立40周年创新创业人物和先进模范人物。随后，他又获得2020年度深圳市科技奖最高荣誉“市长奖”。

谈到为何要选择深圳，黄三文回答，深圳有开放包容的品格，伸开双臂拥抱人才，“来了就是深圳人”，让人有归属感。这是一座务实奋进的城市，政府作风务实，又是创新创业的好平台，也是一座干事创业的城市，是一个能够实现梦想的地方。

不安分的“海归”

人才立市是深圳市的基本发展战略。早在十年前，深圳市就发布了《深圳市人才发展中长期规划2011—2020年》。在全国各地还在忙于招商引资促经济发展之时，深圳市已先行一步，早早地从招商引资转向了招才引智，依靠人才和智力支持来推动产业和经济社会发展。

深圳的招才引智，不仅将眼光瞄准国内中高端人才和技能型人才，更将目光投向海外，高度重视吸引和招收留学人员等英才俊彦。根据深圳市人社局的统计，2017年深圳市新引进海外留学人员18307人，同比增长74.2%，累计近10万人。这个靓丽的数据放在全国范围来看，也是十分亮眼甚至是独占鳌头的。

针对海外招才引智，深圳市还出台了特别的政策，实施留学人员引进“放管服”微改革，留学人员业务办理“零跑动”，从而大大便利了“海归”来深创业和就业。

从美国回国的林海晖博士就是这样一位海归创业者。2012年，已在美国打拼到了钻石领级别的“打工皇帝”林海晖毅然决定，趁着自己还年轻，创建一家属于自己的企业。而他的首选就是回到中国创业。2013年，他开始为自己的创业做准备，从北京、上海到苏州、无锡、常州再到珠三角，几个月时间里，他考察了中国的十几个沿海城市。

这时，他遇到了深圳市光明新区留学生创业园（简称“留创园”）管理服务中心主任张向荣。那是2013年底在广州举办的第16届中国留学人员科技交流会上。当时有许多城市的创业园向林海晖发出邀请，张向荣真诚地对他说，去我们光明留创园看看吧。就这样，张主任用车载着他来到了深圳光明新区，到那里参观了一圈。

当时的留创园还很荒凉，但是林海晖却动心了，因为他在这里看到了比美国还要好的软硬件设施，譬如在一楼大厅里，有两台可以免费检索、使用国外科技文献数据库的电脑，这是光明新区从深圳科技图书馆引来的一条数据线，可以全文免费下载英文文献。而在美国，这样的数据库一年的使用费就高达25万美元。张主任耐心地回答了林海晖关心的一系列问题，诸如建实验室产品的中试生产环节，建生产线的环保、法务事宜以及金融投资配套，等等。参观完留创园，感受到张主任的热情，看到留创园那些优厚的条件，林海晖当即决定：就这里了！

7年以后，回首当时选择深圳、选择光明新区创业，林海晖给出了充足的理由。从行业来看，他所从事的新材料研发是国内重点扶持的产业，国家鼓励创新创业，而国内材料化工的供应链尚未固化，中小企业仍有很大的发展机会。从创业环境来看，深圳和国际接轨，留创园服务体系比较成熟。从个人角度看，深圳有许多成功创业的故事，他愿与先行者扎堆。同时，深圳推崇成功，也包容失败，在这里可以屡败屡战。这一切，都正中林海晖下怀。

几年来的发展，证明了林海晖当年的选择是明智的。在林海晖创业的过程中，光明新区为他提供了一系列公共创业服务，从建实验室到进行中试生产，一切都非常便捷高效，这都得益于光明新区的行政效率高，创业服务体系完善。在最开始最难熬的6个月，人社部门为林海晖提供了50万元的资金帮扶，公司遇到的一切法务、环评、会计等问题，留创园都会帮着解决好。光明新区一流的孵化器、一流的创业服务体系，为专注于研发和创业的人撑起了一把有力的保护伞。在林海晖看来，留创园就像一个成果转化器，只要你有技术、有实力，总能将梦想变成现实。

为了深入了解林海晖传奇般的经历，我专门采访了林海晖。在采访之前，我就听说他的太祖母是文学大师林语堂的姐姐，他是林语堂的第五代外孙。他也是我的福建老乡，我俩一见如故。

一见面，他就向我介绍说，他们家族有着深厚的留学传统。他们家族五代人都出过洋留过学，都做过报国的努力。第一代人正遇上清朝衰亡之时，无力施展自己的抱负；第二代人赶上中华民国时期，军阀割据，报国无门；第三代人则遇上了“文革”劫难，无法报国；第四代人，他父母这一辈是改革开放初期出国留学的一代，因受“文革”影响，也没能很好地报效国家；

而到了他这一代，已经是第五代留学者，中国的社会发展走进了一个新阶段，林海晖认为这是中国历史上一个最好的时期，国内充满了机遇和挑战，正是他回国报效的最佳时机。

“因此，你看我的长相是不是有点像林语堂？”林海晖不无自豪地说。

的确，仔细打量，林海晖个子并不高大，方型偏圆的脸，天庭饱满，戴着一副眼镜，斯斯文文的，脸上常挂着安详的笑容。他和林语堂两人还真有几分相像。

林海晖介绍说，在他们林氏后裔里，学文的出了一位儿童文学作家李秋沅，其作品曾获得全国优秀儿童文学奖，是他的小姑姑。学理的有他林海晖。

“不多说林语堂了，我不蹭名人。”他中断了这个关于家族的话题。

林海晖1973年出生于厦门鼓浪屿。我问这位福建老乡：“你为何不回故乡鼓浪屿去创业？”

他毫不迟疑地回答：“鼓浪屿是养老的地方，不是创业的地方。”

1988年，林海晖15岁就赴加拿大留学，他是我国改革开放后的第一批“小留学生”。林海晖的父母是厦门大学教育学硕士，都是改革开放后第一波出国留学人员。早在12岁开始，林海晖就尝试着去办理赴外国留学的签证，一直到1988年才成行。当时加拿大政府刚通过了一项修正案，允许中学生到加留学。他的姐姐早一年去了蒙特利尔留学。

当年出国时，林海晖经过深圳，在罗湖吃了一碗海鲜面。那时他怎么也想不到，在海外待了25年之后，自己竟会回到当年走出国门时的最后一站创业。

离开深圳后，林海晖来到了加拿大读中学，1992年考上了多伦多大学。

出国前，林海晖就目标明确：必读数理化，必当尖子生。留学期间，林海晖每天只睡6小时，除了吃饭，上课、做作业和去图书馆就是他的全部生活。因此，从中学开始他就一直都是“学霸”。

“20世纪80年代初，妈妈每天给我两块钱，什么也不说，就看我怎么花。这笔零花钱除了买吃的，我主要用来买书，出国前我买的书已装满两个大书柜。”林海晖说。在多伦多大学就读期间，他在图书馆登记在册的借书记录高达4000本，平均一天一本书。在繁重的专业课程压力下，他仍然保持着每周10—16小时的课外阅读习惯。

最令他自豪的是，在大学读书期间，他的老爸老妈不仅没有给他一分钱，他还通过多次获得全额奖学金赚回了17万元的奖金。

“是17万元人民币吗?”我问他。

“不，是17万加元!（1加元约合人民币5元）”他不无自得地回答。

读书期间，林海晖成绩优异，获大小奖项十余次，包括加拿大总督奖章。在读博士期间，获两项美国发明专利，因此获颁

2001年度瑞士乔诺法青年研究奖。他还成功地将发明专利授权校外企业产业化，这使他成为全校唯一在读博士研究生期间需要交税的富学生。

出生于鼓浪屿文教世家的林海晖，从小便决心要和家里其他人不一样，材料化工行业当时是国外工资较高、发展前景较好的，因此，出于将来谋生和事业发展的考虑，林海晖选择了材料化工专业。

在读大学二年级的时候，他遇到了一个对他未来人生走向产生重要影响的人。那就是加拿大造纸业的泰斗级人物瑞福教授。当时瑞福教授正准备招收一名暑期研发助理。为了准备应聘，林海晖花了一星期时间，读完了加拿大多伦多大学纸浆与造纸中心10年来每年度的报告和瑞福教授所发表的所有文章。有备而来的林海晖，从几十个应聘的学生中脱颖而出。虽然他只跟这位泰斗级的人物学习了三个月，但是却感觉收获丰厚。瑞福教授教会了他一个理念：真正优秀的科学家可以很轻松地说，我昨天的想法我已经看不上了，我根本不在乎把我的想法和科研成果给别人，因为明天我还会有更好的想法、更新的成果出来。这样的理念，驱动着林海晖在后来的学习、工作和生活中，总是不安分地向昨天的自己不断发起挑战。

博士研究生毕业后，林海晖有自己的求职标准，非细分领域世界前三名的企业不去。他第一个任职的单位是太阳化学公司。林海晖毅然选择了当时许多科学家都不敢攻坚的防伪颜料技术，并成功攻克这一技术难题，不到两年时间他就成为太阳化学公司防伪颜料技术的首席化学家。林海晖说，在当今这个世界，大家都很勤奋很聪明，但是选择高于一切，要选择一些差异化的东西去钻研去突破，这样才会有成功的机会。

正当林海晖在太阳化学公司的事业顺风顺水顺利发展的时候，他却突然做出了一个出人意料的决定，加盟富林特集团。因为太阳化学公司给他的定位是做技术研发，不让他从事技术管理，这同林海晖本人的理想和定位不相符。他认为优秀的科创人员应该是领导比自己更优秀的科学家去做大事，甚至觉得自己的科创领导才能比科研才能更优秀。而富林特集团可以让他管理和深度参与新产品研发、生产、销售的各个环节，这就满足了他一定要看到自己的研发成果商业化并获利的愿望。

于是，他平调到了富林特集团担任首席配方师。

科研管理的愿望实现了，但是林海晖还是不安分，过了一段时间，他又做出了新的选择：辞职应聘到迈图高新材料集团。在这里，他不仅是首席科学家，还是战略技术部总监，负责整个公司未来5—10年重大平台项目的规划与启动。在担任战略技术部总监的过程中，他学习如何选项目，培养新团队，学习世界顶尖公司的具体运作，规划投资未来，以开放的胸怀吸引人才，站在战略高度看待市场和竞争，这些经历对他后来的自主创业都产生了积极的影响。

后来，林海晖又转行去了专注做金属颜料的星铂联颜料制造公司。林海晖认为，真正能给客户带来价值的企业一定是专注研发生产市场的每一个细节的，星铂联这样的企业才经得起大风大浪。他担任该公司的首席技术官（CTO），那时他还不到40岁，就已跻身美国顶级打工者行列。

工作12年内，林海晖5次得到晋升，从研发科学家升至首席技术官，完成企业研发人员职业大满贯，实现了财务自由。在美工作期间，他还申请了23项美国专利，其中核心产业化专利13项；推出了多个知名工业产品系列，如SunGuard™防伪颜料、SunGem™珠光颜料、Silbercote™金属颜料、Starbrite™镜面银颜料；多次获颁工业大奖，包括日本DIC科技成果银奖、CMG年度色彩奖。

但是，不安分的林海晖又做出了一个新的选择。他已经看到了自己职业人生的“天花板”，如果继续干下去，估计10年左右他就可以当上首席执行官（CEO）。林海晖不满足于安逸的生活，不想把未来的时间浪费在等待上，于是他决定辞去首席技术官一职，去实现创建一家自己的企业的宏大梦想。而这时的他，已经积累了丰富的研发管理、市场销售等经验，同时他又是行业内知名的高分子材料、无机材料、表面物理和流变学专家，是国际二代水性金属颜料技术发明人。

在谈到为何最终没有选择在美国创业时，林海晖回答：在美国，他要组建一个材料化工方面的科创团队、募集到创业资金，都是不成问题的。但是在美国创业，要靠资本，要靠长周期，研发队伍通常都走不到最后的阶段，美国基本上没有初创的小型化工材料企业，一般的科研团队只能做出一个雏形，然后将知识产权卖掉。然而，他不想接受资本的收买，他希望创建一家自己的企业，而只有在中国才具备所有这些条件。

中国经常被称为“泥足巨人”，在材料研发方面存在短板，因此，在中国新材料是国之重器、工业之母，对新材料产业要求门槛高。有一个地级市的科技局长对林海晖说：“你抄一抄外国的技术不就行了吗？”林海晖毫不犹豫地回答：“我们不是仿制，而是要做源头创新，不是抄一款，而是要创造出世界第一款全新的全固型水性铝。”

当初选择深圳光明新区留创园，是因为深圳有完整的孵化体系，留创园区里有生物医药和新材料。林海晖的绚图新材科技有限公司（下文简称绚图新材）2013年12月25日入驻，是留创园自当年11月开园以来第一批入驻的企业。这一批入驻企业一共有5家，其中，有两个后来获得了国家人社部优秀海归创业团队称号，一个获评深圳市“孔雀计划”创新创业团队。

在光明新区，安监和消防都由留创园统一负责，这为林海晖节省了大量的时间和精力。绚图新材是按美国的标准体系来建设的，有自己定期的自检和巡检。在林海晖看来，在留创园内，首先是实现了产业闭环，优秀的客户和供应商都在附近，可以确保产业有上游的供应商和下游的销售客户。其次是实现了金融闭环，有政府资助和天使A轮投资基金。2014年通过评审，深圳市人社局给了绚图新材一等资助50万元，市科创委也给了一级资助50万元。林海晖和公司联合创始人徐昶博士也带回了200多万元的资金。

2014年3月，林海晖和徐昶搭档，创立了深圳绚图新材科技有限公司，专注于新材料研发制备流程设计及生产，以表面处理微粒制备及纳米包覆为技术核心，以环保水性产品为市场切入点，瞄准四大细分领域：水性颜料、水性油墨、水性涂料和导电微粒。很快，他们就研发出了全球首支全固型零VOC水性铝颜料，这种涂料具有零溶剂、环保型、美观、成本低等优点，达到了瑞士食品包装盒的安全标准，可以直接带上飞机。

绚图新材的初创团队只有3人，但都是来自世界顶尖化工企业的科学家。2014年创业伊始，林海晖、徐昶和团队另一位成员决定亮出自己的看家本领，先打一场“擂台赛”。

林海晖说：“什么是‘擂台赛’？就是没有时间演练，上台就打，打了就要赢。”对林海晖团队来说，要先研制出核心的技术产品，一炮打响后，再挂牌引资，慢慢壮大。

他意识到，这是一条风险极高的向下研发之路。向下研发意味着一开始就要站在制高点，进行源头创新，而一招不慎就会满盘皆输。

时间紧迫，既然他们自己在新材料细分领域里已经掌握了先进的技术，就完全可以先“抢占山头”，把平台技术做出来，再衍生出有竞争力的产品，进行下一步发展。

绚图新材用第一笔政府资助的启动资金，在6个月的时间内快速搭建了一间80平方米的小型实验室，开始“孤注一掷”地研究新一代纳米微包覆技术。

创业之路并不平坦，甚至处处都布满了困难和危险。但是，对于林海晖而言，这些困难都是可以预见的，也在他们的考量之中。最初的启动资金只够维持团队运转18个月，如果研发不出核心技术产品来就“死”了。于是，三个人全力以赴，埋头苦干，住简陋宿舍，吃路边摊，每天工作超过16个小时，经常一个实验从上午10点开始做到次日凌晨2点，然后7点起床再继续工作。身体很累，但是心却不累。

功夫不负有心人。用了近一年的时间，林海晖三人团队就成功研发出了全球首支全固型零VOC自分散水性铝颜料，并于次年1月生产出样品，比国际五大金属颜料巨头之一的某国际公司研发的同类产品早了4个多月，在全球新材料领域一鸣惊人。

随即，绚图新材研发的全固型零VOC水性铝颜料被成功地授权给林海晖的老东家美国金属颜料巨头星铂联，获得了50万美元的授权费。同时，这一新材料已开始运用在烟、酒、茶等高档食品的包装和汽车外观漆等方面，准备进一步应用于手机、电视机等老百姓日常生活的3C产品（即计算机类、通信类和消费类电子产品三者的统称）领域。

在水性铝颜料基础上，林海晖团队还研发了银塑Shine plus免喷涂系列产品。

接下来，绚图新材又获得了A轮、A＋轮民间资本等融资，资金不再成为问题。公司的第一项专利又获得了50万美元的授权费。加上2016年通过答辩获批深圳市“孔雀计划”创新创业团队，又获得了1500万元的资助。“孔雀计划”创新创业团队是深圳市最高级别的创新创业奖项，每年只有1—2支材料化工团队能获此殊荣。

紧接着，绚图新材在留创园内建起了中试车间和第一间厂，占地1500平方米，每年可以供货50吨，价值1000万元。紧接着，通过A＋轮投资，获得由多家知名创投机构投入的1400万元投资额，绚图新材在广东清远高新区化工园开工建设23000平方米的工业园区，年产值可达3亿—4亿元。就这样，绚图新材实现了一年一个台阶的发展，过程非常顺利。

林海晖特别看重深圳有很好的政务和法务环境。况且，深圳是一座工业城市，产业和金融体系都很完备。有的地方政务不包容企业，法务不为企业保驾护航，因此在那样的地方创业非常艰难。而环评、安评等都需要政府给予辅导，深圳拥有完善的法务辅导，有很好的营商环境。以前其他一些地方搞招商，不提供这些服务，招商的人不懂研发，不懂实验室、中试和生产线。而在光明区留创园，土壤检测由留创园管委会统一承担，有关安全、环评、工商注册等留创园也都有专人帮助办理，还有专人帮助制定公司章程，这些工作人员中有许多都是留学生，都是很懂行的专业人士，对国内外的行情都很熟悉。

当年，张向荣在摊位上对林海晖说：你来深圳不会失望的。林海晖的岳父在华南理工大学负责一个重点实验室，是我国造纸界的泰斗。原先林海晖曾考虑把创业地点选在广州，因为那里是妻子的出生地和成长地，但是岳父对他说：深圳是全中国人的深圳，意即深圳市是一座移民城市，很具包容性和开放性。因此，林海晖最终选择了深圳。

回国报国，在林海晖看来是他们林氏家族骨子里遗传的一种东西，自己血液里流淌着的就是这样的基因。同时他也看到，2000—2015年欧美市场出现了化工行业的并购狂潮，这意味着新的企业几乎没有发展的机会，而相比之下，中国的新材料市场非常广阔，新材料也是国家重点扶持的新兴产业。中国是制造业世界第一大国，未来50%的新材料市场在中国，现在中国的材料消耗已占全球的1/3，而新材料的研发不能离客户太远。这样综合考虑，促使林海晖下定决心离开美国，回到中国。

到深圳创业，林海晖感到很幸运，因为深圳很适合创业。首先，深圳就像美国旧金山湾区和波士顿地区，是创新创业发展的好地方，深圳有高度包容的心态，大家都是城市移民，都是白手起家，都有一种归零的心态。深圳外来人口很多，没人管你是谁，大家都是从零开始。其次，深圳市政府行政机制完备，政府效率高，而且政府支持包容和欣赏林海晖这样的“海归”创业，深圳的创业者扎堆，创业者最理解也最支持创业者，因此，目前和林海晖合作的有很多都是创业公司，它们相互扶持，而不是单打独斗。

2016年8月，林海晖和徐昶博士共同攻克了印刷电子复合导电颗粒的相关技术难题，其中最核心、最难的就是金属包覆技术的应用。他们成功地采用银包铜的新方式取代以前纯银的导电部分，初步实验显示效果优良，适印性可以和纯银浆相比，成本却下降了50%。2020年完成中试与初步产业化。

免喷涂彩色颜料是绚图新材基于国内外市场需求，采用世界上顶尖的包覆技术——纳米微包覆技术，于2018年成功研发与产业化的、专业用于塑料制品的免喷涂金属颜料。将这种彩色铝颜料与塑料颗粒按一定的比例掺和，通过吹塑、挤塑或注塑工艺，可以给塑料制品带来绚丽的金属质感。这一技术创新填补了此领域国内外的技术空白。纳米微包覆技术使得绚图新材成为全球第一家能够在生产上稳定突破10微米以下超小颗粒技术门槛（超小粒径技术门槛），并使产品呈现出丝绸般细腻质感的公司。还有一大亮点是，在全球首创了免喷涂技术。传统的油料涂料需要经过多道工序喷涂在产品表面，而免喷涂技术则是让超分散彩色铝颜料与塑料粒子按一定比例掺混之后再进入吹塑、挤塑或注塑环节，节省了工序和能耗，并且即便被磕碰也不会掉漆。免喷涂金属颜料做到了既环保又安全，可以广泛应用于汽车制造、小家电制造以及高端包装等领域。

2017年，深圳市给了林海晖一套140平方米的人才房，供他无偿使用，但是，平时林海晖都是蜗居在留创园里不到20平方米的单身宿舍。他笑称，自己又重新开始了学生时代的生活，每天过着公司、宿舍、饭堂三点一线的生活。但是，他对公司的未来充满了信心。

林海晖的妻子是他读博时期的同学，汕头人，当年是广东省的高考状元，化工博士，目前担任富林特集团首席科学家。林海晖大约每三个月回美国探亲一次，他早已计划好了，等到女儿上大学后，太太也将来到他身边，一起在深圳创业。

现在，林海晖的女儿已经上大学了，或许他的太太很快就可以离开美国来到他身边，他已然把深圳当成了自己的第二家乡。

林海晖说：“我的性格决定了我的灵魂是自由的，我不愿意做一颗小小的螺丝钉，我要做就做整台发动机。”

谈及未来的规划，林海晖的梦想是，在10年内实现绚图新材公司上市的目标。此后他将专注于做好两件事：一是成立基金，做天使投资人，用资金和自己的经验、技术来帮助更多的初创型企业；二是办教育，继承家族传统，办中国需要的教育，在教育中融汇中西文化，启发人的心智。

大数据是一座“特大油田”

深圳有很好的干事创业的氛围和条件，有很好的平台和政策支持，许多人才都是冲着深圳的这些软件和硬件条件而来的。这是深圳能吸引人才尤其是海外高层次人才的一个重要原因。

贾西贝是深圳华傲数据公司的董事长。他从英国爱丁堡大学获得博士学位后，最开始的设想是去北京发展。当时，他在爱丁堡大学的博士生导师樊文飞教授刚刚获得英国计算机领域的最高奖项——罗杰·尼达姆奖，这是华人第一次获此殊荣。当时的北京市委书记批示，引进樊文飞、贾西贝这个海外人才团队，并且要求特事特办，给予特定支持。至于具体如何支持，还需要继续沟通。贾西贝从事数据质量、XML数据管理以及数据集成等方面的科学研究，在国际顶级数据库会议/学刊发表十余篇论文，已在大数据领域申报了174项中国发明专利，51项PCT国际专利[①]；曾获IEEE国际数据工程大会（ICDE）最佳论文奖，3次在国际顶级数据库综合大会VLDB上演示数据清洗系统，于2008年

① 即通过PCT(*Patent Cooperation Treaty*,《专利合作条约》)途径申请的专利。

入选英国爱丁堡皇家学会/苏格兰企业局企业研究员（Enterprise Fellow）。

就在贾西贝考虑到北京发展之际，深圳市科贸委主任王学为出差到了北京，接触到贾西贝，和他交流，谈到深圳的创业环境和创业政策非常公开透明而且完备。王学为跟他说："贾西贝你很厉害，我们欢迎你到深圳来创业，将你的科研成果企业化、产业化。"

当时，广东省有一个创新团队计划，深圳市也有相应的支持计划，拟支持的项目都通过平台和同行评议公开评选，"是骡子是马，拉出来遛遛"。

贾西贝被打动了。他觉得深圳的机制更为宽松，而且很多做法和国际接轨。于是，就在2011年这一年，贾西贝决定将他的团队和他的创业计划落地于深圳，他一直没有忘记自己的初心，一直从事大数据和数据治理方面的工作。

到了深圳以后，一切都如愿以偿。2012年，贾西贝团队顺利拿到了广东省珠江计划第三批创新科研团队1000万元资助，同时被评为深圳市"孔雀计划"第二批创新创业团队，还参与了国家"973计划"，一共得到了超过4500万元的资助。作为广东省和深圳市第一个大数据方面的创新团队，贾西贝团队到深圳创业之初所期待的全都实现了。

在大数据领域创业，首先面临的是商业模式的选择：如何决断业务方向，应该聚焦哪些客户群体，等等。在贾西贝看来，过去十年，国内外的创业在模式上基本上可以总结为两个赛道——“快赛道”和“慢赛道”。“天下武功唯快不破”，快赛道主要靠商业模式驱动，拼的是运营、融资和速度；而慢赛道则主要靠科技创业，拼的是技术、IP和积累，靠的是时间沉淀，厚积薄发。在创业的客户选择上，众所周知，可以概括为To B和To C 。To B就是To Business（面向商户），拼的是客户、技术、售前、交付和积累；To C就是To Customer（面向消费者），拼的是流量、场景、运营、融资和速度。To B又细分为To大B＋To G（大企业＋政府，通常称为“政企”）以及To小B（中小企业）。针对不同的细分客户，又另有区别。

基于自身的科研背景和对行业发展的分析，贾西贝在创业之初对华傲数据的定位是慢赛道和To B （＋To G）模式。在To B模式下，大数据企业的业务领域选择，即核心竞争力应该体现在“云大智”——云计算、大数据和人工智能等方面。在当前疫情形势下，危中有机，新型基础设施建设（以下简称“新基建”）就是应运而生的促进生机的创业发展方向。新基建涉及四大IT领域：5G、大数据中心、人工智能和工业互联网。目前，大数据企业的赛道选择就包含了新基建、新IT、新型To B。在贾西贝看来，新型To B市场当前已成为科技巨头竞逐的新赛道。新IT领域的采购模式，已从“兼容机的卖场攒机时代”演变为“品牌机的出厂套装时代”。新IT领域还有了新的分工：在应用前台（也可称为“上层应用”）和后台底座（也可称为“下层底座”）之间有了新的中间层——“三融中台”（业务中台、数据中台和技术中台）。三融中台给了大数据时代的技术创业者们新的舞台和成长方向，在这个领域未来可能诞生出许多伟大的公司。

新IT正在带来新生态、新技术和新模式。关于新生态，贾西贝认为，一个开放的生态会取得最终的胜利，像华为鲲鹏、华为欧拉这样重要的新生态崛起时，会带动很多创业公司崛起。关于新技术，政企数字化转型的“四化”（云化、平台化、智能化和自主化）将带来新的技术洗牌，创业者们要注意发掘并运用好相关机遇。关于新模式，基于数据的黏性，云运营和数据运营有了新的模式，由软硬件产品的一次性销售转向长期的运营和服务，帮助新IT时代的创业者解决了首购、复购和运营的难题。

新IT的各个领域都有对应的客户，涉及新IT各领域的龙头企业（可称为“头部用户”）对于创业者来说都是必争之地。自身有着硬实力和丰富实战经验的创业公司，应努力争取头部用户。华傲数据公司正是这样选择主攻方向的。

贾西贝领导的华傲数据公司重视研发，已在全球范围内取得了超过300项数据治理和大数据方面的发明专利，其中包括51项PCT国际专利，是国际数据治理领域专利布局最多的公司；参与了20多项国家标准的制定。另外，以贾西贝和其导师樊文飞为顾问的数据治理团队在参与国家数据治理、智慧城市等方向的标准制定以及建立博士后科研流动站等方面做得也很出色。2017年，华傲数据成为广东省大数据骨干企业；2018年，华傲数据成功组建广东省数据治理工程技术研究中心，这是目前国内唯一的一家省部级数据治理工程技术中心。华傲数据的宗旨是“专业专注，聚焦打透”，十年一道菜，就是专注于数据治理。这家拥有200多人的企业，始终专注地做科研，耐得住寂寞，抵制住诱惑，厚积薄发。

专注科研的创业之路并不好走，但是贾西贝推崇的是像华为、腾讯这样的企业，认为它们都是华傲数据的榜样，华为和腾讯都不做房地产，而是专注于技术研发；不是啥赚钱就做啥，不追求商业指数，而是重视长期利益与短期利益的平衡。贾西贝大学毕业已20多年，在互联网的几大应用领域包括互联网金融领域都有很多发展机会。在战略风口上，“连猪都会飞起来”，贾西贝本来也是做互联网做大数据，按说追逐风口的机会很多，但是华傲数据要做的事就是做深、做专业化、做到国际上最好。

1999年至2002年，贾西贝在北大王选实验室攻读硕士学位，导师是方正技术研究院总裁肖建国。

当年王选曾说过一句名言：“技术顶天，市场立地。”这句话对贾西贝影响非常大。贾西贝注意到方正、联想、华为在发展的初期都是迅速发展，他特别推崇华为总裁任正非的压强原理——要力出一孔，30年就往一个城墙口轰炸。华为贯彻了王选的理念，在研发方面高投入，不追求快速体现商业价值。这也是华傲数据的理念和信念，贾西贝按照王选的理念一路走下来，尽管在大数据方面做很多事都可以赚钱，但是华傲数据都不去做，不去追逐这些利益，而是看准一条道，坚持不懈，专注于做数据治理。

数据治理就像水污染治理一样，要对错的、“脏”的、不合标准的数据进行治理。把繁杂错乱的原料矿石提炼成可供使用的石油，这是一种数据精炼，将芜杂的数据精炼成精准的数据，就像污水处理厂将中水处理成饮用水一样。这个过程需要长周期，短期之内不容易盈利。政府在科研方面的资助都要求出成果，风投的钱都要求回报，5—7 年的周期就要收回投资成本，而数据治理却需要长期的坚持。贾西贝认为，首先这是有意义的事情，只是暂时未显现出价值。如果不对数据进行有效治理，那所有的数据都是垃圾进、垃圾出，由此而得出的结论将是对社会有害的。任何需要用数据说话的场合，如果是采用错误的、“脏”的数据，还不如不说话，因此，数据治理是数据应用的中流砥柱。2017 年 12 月 8 日，中共中央政治局就实施国家大数据战略进行第二次集体学习。习近平总书记在主持学习时特别提出，我们应该审时度势、精心谋划、超前布局、力争主动，深入了解大数据发展现状和趋势及其对经济社会发展的影响，分析我国大数据发展取得的成绩和存在的问题，推动实施国家大数据战略，加快完善数字基础设施，推进数据资源整合和开放共享，保障数据安全，加快建设数字中国，更好服务我国经济社会发展和人民生活改善。领导干部要善于获取数据，分析数据，运用数据，这是领导干部的基本功。

我在采访贾西贝时，他专门给我举了两个例子。

以前，英国石油公司记录的钻井数据，对于有的井的位置标注错了，这就是一个“脏”了的数据。根据标注，这个地方以前没有开钻过，其实是已钻过的井，结果因为数据错误，公司又在重复的位置打井，浪费了很多财力。

另外一个例子是：一家大型零售企业，因为没有商品目录，开始时没有用统一的标准进行登记，以为大仓库只需两年就会装满，由于计算和统计的错误，结果浪费了2/3的仓库存储空间。

政府拥有最丰富的数据资源，但是，如果没有清洁的数据，便会极大地影响政府的决策。例如小孩上学的问题，深圳市原有户籍人口400多万，在统计年鉴里深圳的常住人口1300多万，也有媒体报道说是2500万、2100万、1800万人不等，那么，如果根据这些不准确的“脏”数据来规划建设医院、学校和其他公共设施，势必产生很大的偏差。如何统筹公共设施的地域分布，本应该根据实际的管理人口即实有人口（包括户籍人口和流动人口）来进行规划，但是流动人口就和移动沙丘一样变化太快，如何对其进行校准？华傲数据通过数据治理就能解决这一问题，对深圳实有人口提供一个相对准确的数据。

贾西贝介绍说，可以通过数据的统一性、关联性、一致性、规范性和时效性，来解决数据碎、多、错、乱、旧等问题。在数字时代，华傲数据要做的事情就相当于挖地基或者挖下水道的工作。平时人们看不到城市的下水道，看不到地基，但是，一场暴雨过后，人们就会看到城市的下水道是完善的还是存在问题的。下水道是一座城市的“良心”，而数据治理则是数字中国的“良心”。数据治理主要面向数字政府和智慧城市，可以做到让市民办事不出街，企业办事不出区县。

按照全国有3000个区县，每个区县40个委、办、局计算，就会有12万个局；每个局（工作单位）有10个业务系统，全国就有数以百万计的业务系统；每个业务系统后面都有一个数据库，就有百万个数据库。做数据治理，就要对全国这百万个数据库进行整合和治理。单是在深圳，通过对36个局、221个街道的数据记录进行粗略的统计整合，深圳就有“2亿”人口，然而，这些数据的真实性、准确性还须进一步核实，要进行实体统一性判断，即通过比对姓名、住址、电话号码、电子邮箱、朋友圈关键信息，判断数据所关联的是不是同一个人，这就是数据治理。

“政府的数据相当于海水，得淡化之后才能喝。”贾西贝说。大数据只有经过治理才能发挥实际的效用。

在贾西贝看来，数据治理和水污染治理非常相似，需要层层提炼，将不同级别的数据进行分类，保证数据的真实性和正确性。只有将数据正确提炼和分类，才能让人们真正享受到政府提供的便利。因此，为了开掘数据治理这座富矿，华傲数据公司这些年来注重做了两个方面的工作。

一是建“输油管道”，实现数据共享交换。解决数据互联互通问题，为大数据打开“水龙头”，将碎片化的数据库连接起来。

二是建“炼油厂”，即数据加工。采取“自动化＋流水线”的模式，采用政府逻辑数据模型（Government Logical Data Model，GLDM）方法论，“推进技术融合、业务融合、数据融合，实现跨层级、跨地域、跨系统、跨部门、跨业务的协同管理和服务”。“三融五跨”已经成为当前我国政府信息化的指导思想，而衔接“三融五跨”思想落地和项目实施的数据治理的方法论就是GLDM的数据加工。

数据治理是一项默默无闻的打地基的工作，却是非常重要的基础性工作，是为国、为民、为我的大好事。

在“数据为国”方面，中国的国家数据有百万级的数据库都沉淀在全国各地各级政府部门那里，需要花很多的时间，通过治理建立起一个统一的国家数据库。

在“数据为民”方面，可以让数据多跑路，让百姓少跑腿，可以避免出现那种需要证明“我爸是我爸”“我的性别是什么”这样一些令人啼笑皆非的问题。通过实现数据互联互通，就能够真正实现“最多跑一次”，甚至“一次不用跑”。通过数据治理就可以实现个人办事的“秒填”，从人工填表、智能补充转变为智能填表、人工补充。不需要经过人手就能通过大数据比对自动进行“秒证”，比如一个人的学历、计划生育状况、就业单位等信息，政府数据库通过数据共享就能自动提取，还可以进行核定。同时可以实现无人干预、自动审批，亦即“秒批”。还可以推出无线便民服务，实现许多事情的“秒办”，让老百姓更有获得感。数据为民还可以为每个县市的数据信息中心服务，像深圳宝安区，通过数据治理，统计出区内老年人的生日时间表，相关部门工作人员会在老人生日那一天给老人送上生日蛋糕。

在“数据为我”方面，数据治理，数据的立法保护，能够对个人信息、个人隐私实施有效的保护。数据是一项资源，有几大金矿：80%的数据沉淀在各级政府手中，其余20%的数据掌握在互联网企业、大型企业比如五大银行手里。现在，我们还没有形成国家数据，因此存在很多与数据相关的问题和隐患。比如共享单车、共享汽车、小蓝车等公司破产，但是它们拥有几亿人的数据，这些企业破产后数据有没有流失，几乎无人过问。小黄车公司资产被冻结，无人货架公司破产后，它们的数据都去了哪里？2018年大量金融P2P公司破产跑路，金融公司的那些服务器和数据都去哪儿了？一个人把自己的深度隐私都给了金融公司，金融公司掌握了这些数据，但它们破产后那些数据都去了哪里？2018年携程遭到黑客攻击，几亿人的数据流失……因此，在数据时代，我们每个人都在“裸奔”，数据管理必须要有序，该监管的数据政府部门必须监管起来，以避免出现个人信息被滥用。监管和保护数据也是为我、为个人。正像金庸先生所言：侠之大者，为国为民。数据治理涉及个人利益和他人利益，要将二者统一起来。第一步要解决数据共享的问题，第二步要解决数据互相打架的问题，也就是要对数据进行“炼油”治理。

贾西贝认为，数据有现实的价值，虽然它不是“飞猪”，不是快支付，但是，如果没有数据治理，就没有了经济发展的一道“护城河”。在风口之上，猪都能飞起来，而当大风过去之后，就能看清究竟谁是猪，谁是鸟。近年来，很多数据和互联网企业单靠投资烧钱，未必能长久，因此要处理好商业利益和社会利益、长期利益和短期利益的关系，一定要不忘初心，实现社会价值和经济价值的平衡。数据治理非常有意义，但短期利益并非最优化，科研成果商业化就像长跑接力，尤其需要注重长短结合，社会效益、经济效益相结合，要不屈不挠地做下去，为用户、为企业、为社会、为国家创造价值！

贾西贝1973年出生在辽宁葫芦岛市的一个工人家庭，上面有两个姐姐。他10岁之前一直在农村生活，14岁时，母亲不幸去世。他的中学学费都是靠学校减免解决的。每次学校收学费时，贾西贝都很尴尬，校长得知实情后，就免除了他的学费。上大学以后，贾西贝刻苦用功，拿了很多奖学金。

贾西贝读小学三年级时，跟随父亲的工作调动，转学到锦西化工总厂第一小学。在这所小学里，小西贝第一次见到了电脑，那是几台苹果Ⅱ型机的国产兼容机，那些神奇的电脑在他心里留下了不可磨灭的印象。读高中时，学校组织学生去北京的联想公司参观，当时贾西贝就在心里暗暗地萌发了一个梦想，长大后上大学要报考计算机专业，毕业后到联想或方正公司去当一名程序员。

高考前他本来可以被保送上吉林大学，本硕博连读。但是他心仪的专业是计算机相关专业，因此，他放弃了保送的机会，选择报考大连理工大学计算机科学与工程专业。

1995年念大一时，他聆听了一位在美国贝尔实验室工作的校友的讲座。那位校友说：贝尔实验室会用互联网、E-mail、BBS做研究工具。这在当时的贾西贝看来简直是太神奇了。

1995年12月18日，大连理工大学校园网络正式与Internet互联网接通。当贾西贝得知大连理工大学有4台电脑连上了互联网后，就立即毛遂自荐去网络中心勤工俭学。就这样，他成了大连理工大学最早一批会制作网页的人。

1999年，北大方正集团的事业发展正如日中天，王选提出的“技术顶天，市场立地”的发展理念让贾西贝深受震撼。贾西贝本可以保送读本校研究生，但他却萌生了进入北大方正技术研究院读研的念头。他是一个不安分的人，想要做一件事就会尽力去争取，于是，他向学院提出申请，希望能被保送上北大研究生，并且给北大招生办写了一封信。他一次次地向学院陈情，让当时的院长大受感动，院长对贾西贝说：“如果你真能跟王选院士读研，我就支持你。”

闻听此言，贾西贝连夜坐上了开往北京的火车，找到北大方正研究院王选老师进行沟通。最终，他被保研到了北大，向国内顶尖的计算机研究殿堂进发。

2004年，贾西贝获得了英国政府颁发的奖学金，赴爱丁堡大学攻读博士学位。2011年，他带着前沿数据科技研究成果回国创业，在深圳创立了华傲数据技术有限公司。“我们企业的名字叫华傲，是要努力成为中华骄傲的意思。”贾西贝说。

贾西贝将大数据生产、共享、清洗、存储、变现、深加工环节，分别对应石油开采中的油田、输油管、炼油厂、储油罐、加油站和石化厂。他将公司的核心业务定位为：将不同来源的错综复杂的碎片化数据，清洗加工成数据资产。在他看来，大数据跟石油一样是不可再生的、重要的基础性战略资源，而全球最大的数据“油田”就在中国，中国幅员辽阔，有着庞大的人口数量。目前，所有的政府数据还处于高度碎片化状态，急需数据“炼油厂”和数据“加油站”对数据进行治理，为政府提供高质量的数据服务。

早在2017年，中国就已明确提出，要实施国家大数据战略，加快建设数字中国，构建以数据为关键要素的数字经济，运用大数据提升国家治理现代化水平。我国人口多，数据就多，数据多必然呼唤更先进的数据处理技术。全球最多的数据资源和最大的数据需求，这两块碰到一起，也在呼唤更多的数据应用场景。

我国数据资源十分丰富，其中80%为政务数据，如何处理和运用这些数据，以数据为支撑打造惠民、善政、兴业的创新型应用，是当前数字政府建设面临的关键难题。

而数据治理则是数字政府和新型智慧城市的“数据地基”，地基不牢，数字政府和智慧城市就像空中楼阁。当前，我国的公共大数据存在碎、多、错、乱、旧等几大问题，数据治理就是要解决这些问题。

通过数据治理，为应用创新提供高质量的数据资源，会带来很多方面的效率提升。在操作型应用层面，可以支撑“零跑腿”“最多跑一次”“不见面审批”“无证明城市”“秒批秒办”，真正实现“让数据多跑路，让群众少跑腿”;在分析型应用层面，可以支撑城市大脑，为城市规划等方面的科学决策提供依据。

数据作为新型生产要素，只有经过流动、分享、加工处理，才能创造价值。能否解决公共大数据存在的碎、多、错、乱、旧问题，决定了数据作为要素能够创造价值的高低程度。

作为聚焦于政企数据治理的企业，华傲数据的目标是以数据治理赋能应用创新，实现统一供数、统一核对、统一决策支撑，用大数据支撑政务服务流程再造，提升社会治理能力和公共服务水平。

2013年，《哈佛商业评论》发表了一篇题为“谁来引领中国大数据的发展?”的研究报告，列举了一批全球引领大数据发展的公司，IBM、Oracle、谷歌等国际巨头均入榜，腾讯、百度、华傲数据则被列为“引领中国大数据发展”的三家中国先锋公司，其中，华傲数据是数据治理领域唯一入榜的中国公司。

目前，华傲数据研究团队中，不仅有来自牛津大学、爱丁堡大学的大数据领域的博士和专家，还有美国计算机协会特聘专家、英国皇家学院院士樊文飞教授领衔的珠江团队、孔雀团队。这个团队在数据治理与数据融合领域的研究水平，都堪称国际顶尖。公司拥有近10名世界顶级数据专家、100多名专业数据开发人员，已获得174项国内发明专利、51项国际专利和67项软件著作权。这么强大的数据团队，为华傲数据在大数据的赛跑中跑出最好的成绩提供了坚实的保障。

华傲数据的技术已被广泛运用于政府和金融机构，从2012年开始，该公司参与了深圳智慧城市织网工程建设，通过构建人口、房屋、法人三大基础数据库，为民生服务、社会管理和政府决策提供数据支撑。

想做就去做，化理想为行动，这是贾西贝的人生信条。他原先从事数据科研，现在从事数据创业，他称自己的创业是从天上到地上的过程。

贾西贝说："我觉得如果不创业的话，我会一直待在学术的象牙塔里，就像在天上飞的感觉，自由飞翔，不带走一片云彩。创业的过程让我感觉从天上跳到地上来了，脚踩着实地，杵到地上干活，深一脚，浅一脚，让大地留下我走过的脚印，让我深入社会，更深刻地理解人性，这给了我更多的人生经历和感悟。"

如果有人问贾西贝："你们在干什么？"贾西贝的回答非常简练："我们在做数据治理。""专业专注，聚焦打透"，这八个字正是贾西贝创业的信念，也是华傲数据公司200多人的团队共同的信念。

发送微博，地图导航，网络购物，注册论坛……随着移动互联网时代的来临，人们在生活中的每一个行为几乎都会对应地转变为服务器上的一组数据。当点点滴滴的数据汇聚在一起时，就成了一种资源。庞大的人口使中国在大数据时代拥有得天独厚的优势。

为了收集数据，华傲数据还需要在数据"油田"开采上多下功夫。为此，贾西贝钻研出了自己的一套办法，一方面是对于线上的非隐私数据的挖掘，华傲数据与牛津大学合作，共同开发了深网爬虫技术。所谓深网，是指没有链接直达，不能通过一般的搜索引擎找到的数据。这些隐藏在接口背后的数据具有更高的价值。

为了收集线下的非隐私数据，华傲数据独创性地开发出了一款数据众包软件——“随手赚”。譬如对所在地附近的一家理发店，拍摄10张照片并上传，用户即可获得5元钱的奖励。通过发动群众的众包形式，华傲数据就能在平台上收集到大量的数据，而不用派出大量的人力进行地毯式的搜集。除了众包，“随手赚”的另一个独特性在于众筹模式，需要这些数据的企业会拿出资金奖励参与收集的用户，形成“众筹＋众包”两种模式的结合，就像“期房＋团购”一样。

大数据在智慧城市方面的应用很广泛，譬如通过对一个片区儿童的年龄、迁入流出情况的数据收集和分析，就可以预测未来3年学龄儿童数量的变化情况，从而提前进行合理的学位规划；通过对小区人口的统计，在老人多的社区即可在社康中心配置慢性病专家，在年轻人多的社区则可以适当增加孕检、疫苗注射等服务。

大数据产业是实实在在的一种生产力，是一个正在兴起的庞大的经济产业。根据国际数据公司的统计，2011年全球数据总量达到1.8ZB（即1.8万亿GB），并且以每两年翻一番的速度增长。近年来，随着人工智能、云计算等技术的推动，全球数据总量不断上升，预计到2025年，全球总共将拥有163ZB的数据量。2015年我国大数据市场规模达到102亿元，2017年达到170亿元，行内报告分析称，10年后大数据将可以撬动万亿元级的GDP。

“我的性格就是这样，不屈不挠，把梦想付诸实践。人生百年，这也是一种精彩吧。”贾西贝认为，自己的人生现在处在很有意思的阶段，他要遵从自己的内心，做自己最感兴趣的事情。他认为，大数据是一个历久弥坚的行业。如果金融征信行业能够积累一百年的数据，那么就可以完整记录一个人一生的数据，就能更好地通过大数据，对一个人作健康分析，更好地判断一个人的消费偏好，也能更好地分析一个人的信用。除了人的生命周期之外，一个行业、一个国家如果能够积累几百年的数据，那么就能更科学地指导行业发展和国家决策。

人工智能让生活更美好

每一位被吸引到深圳来的人才都有各自的故事，也都有各自不同的经历。但是，他们对深圳都有着共同的感觉，即都高度认可和赞赏深圳这座年轻城市创新的活力，都赞赏深圳市政府出台的有利于创新的人才政策。

平安集团首席科学家、集团执委、平安科技大数据首席总监及技术研究院院长肖京博士，就是这样一位被吸引回来的“海归”。

肖京是江西萍乡人，1972年8月出生，在福建邵武长大。其父母都是军人，肖京是在部队大院长大的。部队大院每周都会免费放映最新的电影，包括海外的大片。肖京最喜欢的、给他留下最深刻印象的影片是一部美国电影——《未来世界》。这部影片是1976年由理查德·海弗朗执导的一部惊悚科幻片，是《西部世界》的续集。该片讲述了阴谋者借仿真机器人乐园再次开幕之际，以机器人取代来参观的巨商政要，企图借此控制全世界，最终被两名记者揭穿阴谋的故事。影片中有非常多的机器人的场景，从此，肖京便对机器人产生了浓厚的兴趣。报考大学时，肖京选择了中国科技大学的自动化专业，这是机器人领域一个非常重要的技术方向。

1995 年，肖京本科即将毕业，已被确定保送到中国科学院（以下简称中科院）继续攻读硕士学位，因此可以选择到中科院做本科毕业设计。

在中科院，肖京主动向自动化所所长、模式识别国家重点实验室主任马颂德老师请教，最终选定了计算机视觉、模式识别作为自己的研究方向。

马颂德老师在工作上特别严谨，那时候他要负责的工作有很多，但他在指导学生方面仍然非常细致。肖京当年研究的一个方向是航空图像中的线性目标识别，比如公路、桥梁等。

有一次，马老师和他讨论一个问题：两个线段如果隔开了，如何判断它们属于同一条路还是不同的路？

这，看似简单，实际上却是一个很复杂的优化问题。

马老师和肖京一起推导公式，讨论角度应该怎么计算，角度放到模型里应该如何优化，等等。

这件事给肖京留下了特别深刻的印象。

马颂德对肖京个人的发展帮助特别大，他帮肖京找到了学习的路径和方向，也正是因为他，让肖京坚信，人工智能这个行业一定会拥有非常好的发展前景。

1999 年，肖京获得硕士学位后，去美国卡内基梅隆大学攻读博士学位，师从卡内基大学计算机学院机器人研究所创始人兼所长金出武雄，继续做计算机视觉研究。

卡内基梅隆计算机学院是全美最好的计算机学院之一，下设好几个研究所，包括机器人研究所、语言技术研究所、人机交互研究所、机器学习研究所等。当时，这些研究所所设置的专业都是最核心的或快速发展的研究方向。

和马颂德一样，金出武雄也是一个比较细致的人，同时还是一个非常追求实用性的人。他不是那种偏重理论研究的科学家，他经常对自己的学生说：做技术、做系统一定要实用，发论文式的研究不可取。这一点，对肖京的影响特别大。

那时，肖京在做一个通过三维重建实现人脸跟踪的课题，但目标对象总是跟着跟着就跟丢了。他一直都找不到问题的症结所在，并为此感到非常苦恼。

这时，金出武雄告诉他：遇到问题不要紧，沉下心来设计测试用例，从手工就能计算出结果的最简单的测试用例开始，一步步找出问题的源头。

之后，他就和肖京一起设计测试用例，看代码，找漏洞，做测试，熬了一个晚上，终于找到了问题的症结所在并解决了问题。

问题解决之后，金出武雄很开心。那时候，在他们办公室的中间有个活动区域，里面放了一张台球桌，他就和肖京打了一局台球。

金出武雄对肖京说：很多人可以彻夜玩游戏打牌，但那只是纯体力活动。能够长时间不间断地思考问题，才是从事科研工作重要的能力，那叫智慧体力活动。他说，他最长连续72个小时没睡觉，持续思考当时碰到的一个视觉研究问题。

对此，肖京非常赞同而且佩服。

那时，金出武雄已经50多岁，每天早上6—7点就到办公室了，午饭都是他妻子送来的，他要一直工作到凌晨2点才离开办公室。在肖京看来，导师在科研上之所以那么拼，完全是出于对科学的热爱和对生活严肃认真的态度。

有一年圣诞节，大家都放假了，肖京正好有事去导师的办公室，旁边办公室里有个日本访问学者还在坚持工作。金出武雄夸赞那位学者说："每次来办公室，不管什么时间，都看到他在那里工作。"肖京便随口说了一句："这样的人没有生活了呀。"

金出武雄马上反驳道："你是科研人员，科研不就是你的生活吗？"在他看来，一个人一旦选择了科研这条路，就应该心无旁骛，专心学习和钻研。

马颂德和金出武雄两位导师的教诲，肖京铭记于心，也养成了专心钻研的习惯。

毕业后，肖京在美国工作了12年。先是在硅谷的爱普生美国研究院，领导一个算法团队，在那里工作了8年。之后，又到微软公司从事互联网广告搜索工作，在互联网大数据挖掘分析及应用方面积累了不少经验。

我在采访肖京的时候，问起他为何选择回深圳发展。

他回答，以前他对深圳不太了解，2013年，平安集团联系到他，希望搞一个像微软研究院那样的科研部门。他以前一直做大数据技术，曾在爱普生公司负责公司智能大数据算法领域的研发及产业化，又在微软公司带领团队研发互联网用户行为大数据分析工具。平安集团希望用人工智能为传统行业赋能，实现金融的数字化，运用大数据分析，实现数字化经营。平安集团董事长马明哲提出了“三先”的目标：先知、先决、先行，即先了解、先决策、先行动，达到“三先”的基础就是数字化经营。

此前，肖京对中国平安集团并不了解，后来经过了解知道了平安很有实力，而且一向高度重视科技，在2008年就成立了一家子公司，其技术研究院有很多的积累，包括场景数据和专家的积累，同时，平安也有医疗方面的产业。这一切都很适合肖京对于个人职业发展的规划。

正好平安集团总部设在深圳。对于深圳，肖京也早有一些了解，知道深圳是一座新兴的城市，是伴随着改革开放的发展从无到有建立起来的；深圳有很强的创新基因，有很好的包容性，容纳外来人，几乎没有传统的束缚和包袱，年轻而且有活力；在深圳有很多优秀的企业，同时市政府出台了有利于创新的系列政策，公务员队伍水平高；深圳有很好的人才扶持政策，在经济上支持力度较大，对创新团队有很大帮助，还设置了许多奖项可供优秀人才申请。平安集团实行的是年薪制，对人才很重视，在收入和福利方面都比较好，因此，肖京选择了深圳，选择了平安。现在，他的妻子还在美国照顾孩子，他们的儿子十多岁，正在美国读高中。

2015年，肖京回国加入平安集团以后，很快便入选深圳市

“孔雀计划”A类人才，深圳市和平安集团还帮助他申报国家重点人才计划项目。市政府帮助对接，组织申报者去学习和进行预答辩，安排专家指导他们修改申报材料，还有专人陪同他们到北京去参加答辩。市委组织部人才处的领导许诺，有事可以随时找政府，有关部门会帮助解决后顾之忧……所有这一切，都让肖京体会到深圳市对人才的渴求与关爱。肖京6月申请国家重点人才计划项目，顺利通过函评，9月份答辩，春节过后就收到了入选通知。

肖京了解到，深圳市各个区也都有人才资助计划，市政府对于人才及其家属的教育、医疗、住房、车辆使用等都有很多优待，例如，可以在福田区安排人才房。所有这些都让他感到，自己选择深圳，选择平安集团，是一个正确的决定。虽然这一切还不是十全十美，但是在平安这个平台上能够充分发挥自己的能力，体现个人价值，同时还可以帮助年轻人在工作中一起成长，这令他很有成就感。

肖京初到平安集团担任首席科学家时，人工智能部门里只有6个人，如今团队已发展到了1000多人，人工智能也已成为平安集团的智能引擎。平安集团在深圳、上海、北京和美国都建有研究院，涉及金融、医疗、智慧城市等几百个项目，包括大数据、人工智能研究院、技术研究所、客户关系管理等部门。

譬如，平安集团开发的多模态身份认证，准确率高、稳定性好、适用范围广，已应用于普惠小额贷款、银行保险账户开户、门禁等多个场景；平安的企业大数据知识图谱——欧拉图谱，构建了专业的债券违约、财务造假、企业评级等多个模型，实现贷前贷中贷后、投前投中投后等业务领域的风险管理，预警防控企业金融风险。

譬如智慧交通，治理堵塞、车祸等可以采用图像定损，发生交通事故后，由司机自行拍摄视频传上网，进行网上理赔，交警也可以在网上处理交通事故。这些都已经在深圳得到了实际的应用。平安的这一图像识别技术在车险理赔中已经发挥了重要作用。应用这一技术，不仅可以在理赔早期就识别出欺诈，减少风险，每年减少几十亿元的风险渗透，还提升了业务效率，优化了用户体验，因此广受用户好评。

平安集团实行“510”调度，只要客户有需求，在城区内要求客服人员5分钟之内响应并到达现场，郊区则要求10分钟内到达。现在，平安集团已经能够根据天气、交通状况和业务员的水平，客户请求的区域分布情况，实现人工智能预测。以前，客户请求的响应率只有60%，现在到达现场的完成率已提高到92%以上。

平安集团曾有8万多个客户服务席位，每天大约有100万个打进来的电话，500万个打出去的电话，但是客户的体验并不好，而成本却很高。现在改用语音机器人来为客户服务，可以有效地改善客户的服务体验。因为平安集团有大量的数据可以用来建模型，同时又有很好的语音识别合成的人工智能技术，有强大的计算平台和计算能力，也有技术能力和解决方案，还有大量的行业专家可以帮助解决实际的问题。有了这5个条件，专家可以为人工智能提供场景，技术团队加上业务团队就能产生一种化学作用，从而为客户提供完美的解决方案。

传统的金融公司只是把科技作为一种工具，将科技外包，以购买服务为主。现在，金融公司也开始建立自己的科技团队，其大数据可以应用于风控、反欺诈、寻找精准客户、销售服务运营、核心金融服务、核心医疗服务，还可以应用于智慧城市。未来的“金融＋生态”，金融、医疗、住房、车辆、城市生态，都可以将人工智能嵌入。

据肖京介绍，在2020年抗击新冠肺炎疫情的过程中，平安集团的AI技术在疫情防控方面发挥了重要作用。比如，平安集团的智能机器人，可自动外呼居民电话，通过多轮语音对话，收集居民的相关健康资料，有效进行风险排查，减轻了武汉等地基层工作人员的工作量，也降低了交叉感染的风险。平安集团的智能医疗技术，聚合了疫情相关信息，通过智能对话技术，能帮助大众了解新冠病毒的相关信息，做好自我防护，纾解心理压力；并通过大数据等手段预测疫情相关发展变化，为领导决策提供帮助。此外，平安集团的自动测温、人体检测和识别等技术也对提高疫情期间的监管效率和效果起到了很好的促进作用。平安集团的新冠CT影像AI，能精准地检测和分割病变区域，计算病灶部位体积以及占比，15秒就能出具智能分析结果，给医生定量信息以辅助其诊断，帮助医生更精准、更多维、更全面地掌握患者病情。截至2020年8月，该系统已覆盖中国1500家医疗机构，共调阅14.3万个CT序列、1500万张影像，并已通过有关渠道向海外推广应用。

平安集团推出的平安普惠小额贷款（额度为0.5万元—3万元的贷款）服务，因为其背后有强大的数据平台做支撑，用APP＋微表情、人脸识别、唇语识别技术，就可以判断是否存在欺诈，可以做到申请后3分钟内放款，高质量地运作，违约率也大幅下降。

平安集团的车险理赔图像定损，背后都有很强的知识图谱做支撑，覆盖了全部的车型、2400万辆车、14万家配件修理铺，另有3万多条规则的反欺诈引擎，可以实现线上理赔，也可以减少欺诈行为。车险只有3%—5%的利润，利润很薄。车险理赔，必须确保欺诈行为在理赔之前就被发现，以前保险理赔员都要到现场去进行目检，录音录像；实现线上理赔后，每年可以减少几十亿元的成本投入。

2018年初，平安科技医疗影像在肺结节检测和假阳性筛查两项上拿下了国际权威LUNA评测的世界第一。过了不到半个月，平安科技又在CPFL瑞士联邦理工学院举办的AI作曲国际挑战赛上，拿下了AI作曲项目的世界第一。平安科技这家聚焦金融科技的企业，居然在人工智能领域取得如此出色的成绩，不能不令人赞叹。

早在2013年，平安集团创始人兼董事长、CEO马明哲就规划，在未来5年内互联网和现代科技将成为带动平安发展的根本引擎。“资本＋科技”双轮驱动战略已经进入了平安的日常运营之中。2015年肖京加盟平安集团之后，第一项任务就是构建起平安的大数据体系，同时开始布局人工智能。首先解决金融和医疗领域最重要的需求部分，平安的传统金融和医疗先后被赋予了科技能力，包括风险控制、欺诈识别、智能推荐、交叉销售、精准营销、智能客服、智能运营、智能疾病预测、智能投资顾问等。

2017年，平安科技人脸识别经过国际权威机构LFW的检测，准确率达到99.8%，居世界领先水平。紧接着，平安科技在专业性极强的2017年IDC Fintech全球百强榜单中，冲上第38位，成为唯一入选前50名的中国企业。随后，平安科技智能城市疾病预测项目取得阶段性研究成果。基于图像和语音识别技术，一系列智能科技产品先后问世，包括智能闪赔、平安声纹、安博士机器人、平安众包、克瑞斯推荐引擎、平安颖像、企业知识图谱产品——欧拉图谱等。

肖京特别强调业务专家对智能应用的重要性，技术人员离开业务专家就很容易陷入自娱自乐的状态，无法在业务场景中产生业务价值，这就像数学中的应用题，如何高效解出最后的答案才是关键，而不一定要追求复杂高深的解法，毕竟炫技不是研发的目的。以作曲为例，要创作出美妙的乐曲，不仅需要技术团队，更需要音乐专家，算法可以直接将音乐变成一串串的数字，但是音乐是有意义的，专家懂得领域内的痛点（即用户最渴切的需求）。音乐分哪些类型？有哪些特点？曲子应该如何分段？每个段落有什么意义？表达什么场景和情绪？有什么指标来衡量？如果指标乱了会怎样？等等，这些音乐方面的专业知识需要专家指导，由此技术团队才能最终建立能够输出具备音乐美的模型。平安集团所走的互联网＋传统业务的路径，并不是简单的物理叠加，而是水乳交融的深度融合。平安路径的独特性包括丰富的场景、海量的数据、庞大的专家团队、领先的技术装备、技术和业务的紧密结合。

肖京介绍说，几年前，阿尔法狗（Alphago）战胜围棋世界冠军李世石，引发了一股“人工智能热”。实际上，人工智能早在20世纪50年代就已经发轫，当时英国的数学家图灵提出了一个人工智能的定义，后来也被称为“图灵测试”——如果一个人跟目标对话5分钟，70%的时间里难以判断跟他交流的是人还是机器，那么对面的机器就具备了人的智能。

肖京说，从定义上来看，人工智能是人造机器人模拟、延伸、拓展人的智能，它是自然科学与社会科学的交叉学科，涵盖计算机科学、心理学、社会学、数学等学科。从阶段上看，人工智能可以分为弱人工智能、强人工智能和超人工智能。肖京认为，现在的人工智能尚处于第一阶段即弱人工智能阶段，会计算，但还不会“算计”。人工智能的计算智能已远超人类，但在感知智能、认知智能等方面，还达不到人类的水平。全球著名计算机视觉专家朱松纯打过一个比方：现在人工智能更像是一只鹦鹉，你怎么教，它怎么学，但它还不会自己观察并且推理。日本有一家电视台曾播放过一段视频：一只乌鸦特别爱吃坚果，但是用嘴巴自己嚼很费劲，它发现汽车驶过时会把路上的东西压碎，于是就把坚果丢到马路上，等汽车压碎后再吃。后来，它又发现来往的车辆太危险，而车会被交通信号灯控制，于是它就选择停在交通信号灯上，在绿灯亮起时丢下坚果，等红灯亮起车停下来时，再飞下去捡食被压碎的坚果。乌鸦没有经过相关的训练，而是通过自己的观察和推理做到这一切的，未来的人工智能至少要像乌鸦一样，会自己推理和思考。

在肖京看来，传统企业要实现智能化转型，需要满足五个要素：一是要有技术算法，有计算平台、计算能力；二是要有数据实现数据化；三是要有场景，能够在实际场景中不断迭代，让智能化方案不断改进，从而使之真正发挥效用；四是要有行业专家的指导，只有这样，技术智能化改造才能有效地解决实际的痛点；五是要有自上而下的机制，进行协调和推动。

人才孵化器、园丁和伯乐

40余年来，深圳就像一颗闪闪发光的明珠，吸引着人才大军从五湖四海纷纷向这里聚集。深圳犹如一个聚宝盆，聚天下英才而用之。

深圳又像一个太阳，不断地发出耀眼的光辉，照亮一个个英才俊彦的事业之路和人生之路；同时，被深圳耀眼的光辉吸聚过来的许多人才又宛如行星和卫星，这一颗颗的行星和卫星不断地反射着太阳的光辉，照亮更多人才的成长发展之路。

深圳大学校长李清泉和中国科学院深圳先进技术研究院院长樊建平就是这样的“行星”，他们都是深圳人才队伍建设中辛勤耕耘的园丁和独具慧眼的伯乐。

李清泉，1965年出生，安徽天长人。我是在深圳大学校长办公室采访的他。

谈起当年来深圳工作的经过，李清泉回忆说，当时他是武汉大学常务副校长，深圳市的组织部门找到他，恳切邀请他来深圳大学担任校长。当时，他觉得在深圳有可以做事的空间，而且生活条件好。人各有各的追求，有的人认为职权重要，有的人认为平台更重要。李清泉是后者，他是一个有想法、想做事的人，他觉得在深圳大学有机会、有条件能够做成事。于是，2012年他毅然南下深圳任职。

深圳没有太多的高校，但是为什么能够吸引来那么多高层次的人才？没有高水平的高校群，但是为什么有那么多的高科技企业集群在此扎堆？在李清泉看来，首要的原因就在于深圳是一座移民城市，有一种开放包容的城市品格。入户容易，大学生都可以落户，这在北、上、广、深四个一线城市中是唯一的。其次，深圳因为移民而造成的这种多元的文化氛围，让各地来的人都能找到一种归属感，“来了就是深圳人”。李清泉本人是安徽人，在湖北生活了30多年，但是他到了深圳，一点也没有客居他乡的感觉，觉得这里很亲切，就像家一样。再者，深圳的城市生活环境和条件很好，四季如春，空气质量好，城市设施比较完善，加上这里的生活条件和待遇都比较优厚，政府又为人才引进提供很多福利和优惠政策，树立了很好的导向，因此五湖四海的人才都向深圳聚集。深圳看似无一流大学，但每年输入的高层次人才数量却排在全国第一，不少院士也来到深圳，当地政府和相关单位为他们提供了很好的科研环境和生活待遇。深圳大学每年招聘100多名大学毕业生，而前来应聘的则有3000多人，被录用的人中约60%是海外留学归来的。

李清泉说，深圳非常重视人才，包括从物质和精神上给予人才以激励，建立全国首家人才公园，建星光大道，将英才的名字刻在星光柱上，为人才提供人才住房，人才入户实现“秒批”，等等。各政府机关共同形成一种合力，让人才汇聚到这里。人才都愿意往更有利于自己发展的地方聚集，而深圳显然对人才极具吸引力。对到深圳发展的港澳特区居民，深圳也提供了多方面的优惠和便利措施，比如给予他们个人所得税的优惠等。大湾区建设对深圳而言更是最大的赢家，大湾区越开放，深圳的人才吸附优势就越明显。

到深圳大学任职近9年来，李清泉很好地贯彻了自己的办学理念，做了大量建设性的工作，取得了有口皆碑的成绩。

当年，李清泉在到任深圳大学校长的时候，有一个就职演讲。他站在讲台上侃侃而谈，讲了足足三个小时，全面阐述了自己的“施政”设想：在任期内要完成哪些事情，如何实现提速发展，如何加强研究性大学的力量，要引进多少名院士，全校获得的自然基金项目要达到多少，论文发表的数量要过千，等等。

这一连串的具体的、量化的指标，着实把台下的全体教职员工都给吓住了。会议散场的时候，人们纷纷议论说：新来的这个校长的“施政纲领”简直就是天方夜谭。当时几乎没人敢相信。比如李校长提到，全校教研人员发表论文过千，这简直就是一个天文数字，因为当时深圳大学教研人员一年发表的论文总数只有300篇，而且已经是创纪录的了。

然而，经过7年时间，深圳大学就完成了所有的指标，而且还大大超出了李清泉当时的设想。特别是SCI论文，竟然达到了3000篇，是原先的10倍。获批国家自然科学基金项目达到300多项。大学综合指数ESI在全国排名前50——这样的发展速度确实令人震惊，也让所有的人对李清泉这位校长刮目相看。

近一个世纪前，清华大学校长梅贻琦曾经说过一句名言：“大学者，非谓有大楼之谓也，乃有大师之谓也。”这句话一直被人们奉为至理名言。但是，李清泉对此却不完全认同。在他看来，现在大学的发展已经发生了很大的变化，随着科技进步，大学的角色也在发生变化。譬如，深圳大学的工科、生命科学、医科发展很快，这些学科对设备的要求更高，而设施设备都需要有安装的场地。特别是大学需要购买许多大型的仪器，所以，现在无论哪一所大学，都需要武装到牙齿。“一个大学，既要有大师，也要有大楼，最为重要的是，要培养大写的人。”

这，大概就是李清泉校长的办学之道。

深圳大学建校至今已38年，在建校之初就确立了办学的定位：“为特区培养建设者。”迄今，深圳大学已培养了20多万名人才，这些人才中的绝大部分留在深圳就业。深圳大学已经形成了创新创业人才培养的特色，涌现出了一大批的杰出校友，如腾讯控股董事会主席马化腾、雪松控股董事局主席张劲、正中投资集团董事长邓学勤、华强集团董事长梁光伟、蓝思科技董事长周群飞、创益集团董事长李毅、鼠标大王——雷柏科技董事长曾浩等。李校长说，许多杰出校友都以能够围绕着深圳大学周边盖一座大楼为荣。

近年来，深圳大学在双创人才培养的基础上，又提出了打造创新创业教育的升级版，努力为大湾区培养高素质的人才。深圳大学毕业生90%在大湾区就业，规模名列各高校第一，为大湾区输送人才做出了重要贡献。广东生源占深圳大学生源的80%以上，其他的来自五湖四海。

2012年就任校长以后，李清泉把人才队伍、师资力量建设作为治校之要。学校营造了有利于人才成长的良好氛围，主动进行人事制度改革，主动取消事业编制，突破传统事业单位的条条框框，在人事改革方面走在国内高校前列；从薪酬待遇到师资管理都尽量与国际接轨，实行年薪制，分预聘、长聘和特聘系列，引进了10多位院士，师资水平超过了国内许多“985”高校。

以往，高校师资都有一个编制指标，而编制就如同一个铁饭碗，影响着教职工的流动性，无法进行有效的优胜劣汰。深圳大学在国内高校可谓是首开先河，实行了“预聘—长聘”人事管理制度，并不是所有教师都能从预聘顺利转为长聘，这就形成了压力，从而产生了动力。通过比较可以看出，同样的年轻教师在深圳大学的新体制中的业绩远大于在传统体制中的产出，深圳大学改革的效果是明显的。

许多从海外归来的年轻学者都愿意选择到深圳大学就业，近年来深圳大学引进中年教师100多名、青年教师500多名，海外归来的占比近一半，师资水平得到很大的提高。在站博士后从几十名增加到了上千名。

深圳大学从原来重教学转向教学和科研并重，学术论文发表量每年增加30%以上，国际排名平均每年提高近100位，国内排名每年提升近10位，现在已位居国内前50左右，被誉为内地高校中进步最快的大学之一。深圳大学经常接待前来学习交流的兄弟高校，他们来学习深圳大学人才队伍建设和科研发展的经验。深圳大学很多做法都被其他高校借鉴，因为深圳大学的做法和办学思路符合高校发展的基本规律，就像顺流划船，既稳且快；同时也借鉴了国内外高校公认的做法，营造一种开放包容的氛围，推动改革创新举措落地，用待遇留人，用事业留人——教师在这里有科研平台，有科研启动经费，可以立即开展科研创新工作。

深圳大学每年招收本科生和研究生合计9000多名，全校共有学生3.6万名，教职工3400多名，其中教师2200名，副教授以上占60%，教授占30%。为了解决教职工住房问题，学校计划建造2000套周转房，提供给教师使用，但不给予其产权。教师实行全员聘用，从预聘开始，通过考核再转为长聘，淘汰率10%以上，达不到条件的便不再续聘。转为长聘以后，还要通过国际同行的评议评价、人事教授委员会的考核和学校的考核，学校每3年组织一次考核，一般不会不续聘。对那些仅达到基本称职的教授，会实行高职低聘。

对教师的评价，除了重视教学、科研，也重视对其社会服务方面的评价。社会服务包括公共服务、招生、宣传、科普等方面。对理工科教师，学校试行由学生打分、督导团听课、学校抽查等方式进行评议。

深圳大学在学校内部治理中坚持民主决策，教授委员会参与学校在人事、财务等重大问题上的决策，发挥了重要的咨询作用。作为校长，李清泉上任后，开创了国内高校“校长午餐会”的先例，每月“赴约”与20名学生面对面交流、零距离沟通。他每年坚持亲自为全体毕业生颁发毕业证并与他们合影留念。每次，这样的“神圣仪式”都要持续3天。为了给即将跨入社会的学子们鼓劲，他每年都会在当年的学生毕业典礼上致辞，每年都要花费近一个月的时间精心打磨这份讲话稿。

李清泉坦言：“没有规定要求大学校长必须亲手给每一位毕业生发放毕业证书，更没有对校长毕业典礼讲话点击量须过百万的考核指标，之所以要投入那么多精力去做这件事，是因为我认为这些事很有意义、很重要，一所好的大学在这些方面都应该有所体现，深（圳）大（学）在努力追求自己心目中理想的大学。说得小一点，这是深（圳）大（学）对教育有着自己的理解；说得大一点，这是深（圳）大（学）的情怀。”

虽然地处经济快速发展的深圳，但深圳大学始终秉持自己独特的追求与坚守。譬如，深圳大学建在寸土寸金的粤海街道，如果将校园周围进行商业开发出租，一年获得几个亿的收入毫无问题，但是深圳大学没有这样做。在深圳最繁华的深南大道上，深圳大学留住了一片森林，保住了整座校园的宁静与书香，更为市场经济高度发达的深圳创造了一片净土。这，大概也是这所高校情怀的体现吧。

回顾自己的过去，李清泉说，他16岁到武汉上大学，35岁担任武汉测绘科技大学（原称武汉测绘科技学院）副校长。主要从事测绘遥感研究，是国家“973计划”的首席科学家。当校长以后，他的感觉是从事专业研究的时间太不够用了。但即便这样，他还是带学生做科研，并凭借科研成果获得了何梁何利基金奖、国家科技进步二等奖，当选欧亚科学院院士。2019 年，他还带领团队发明了一种“管道胶囊”，可以用于对城市管网进行协同检测，结合城市管网拓扑数据和埋设深度数据、城市道路网络数据，构建地下管道和地上道路叠合的城市双层拓扑网络结构，合理有效地对城市管网系统实现全范围覆盖检测，合理地利用投放和打捞资源，从而实现城市管网精准检测和维护。这项发明可以大大减少城市中常见的给道路开膛破肚、拉锁式的检修和维护，获得了国家专利。2020 年，李清泉获得了第二届全国创新争先奖章。

回顾在深圳大学几年来的工作，李清泉认为自己是尽心尽力、问心无愧的。他一直致力于推动深圳大学的改革创新，推动学校的转型，从教学型向教学科研并重型转变，这是发展定位方面的转变。在改革发展的举措方面，出台了一系列推动与国际接轨的体制机制，推动学校体制机制创新，重构了学校制度。这些制度其他学校可以借鉴，但又不可复制。李清泉希望深圳大学能够适当缩小办学规模，提高办学质量，他的理想是将本科生压缩到每年招收 3000 多名。在招生方面，深圳大学主动与区域经济发展对接，侧重招收设计、传播、金融科技等专业的学生，注重学科交叉整合，既满足市场和社会的需求，又注重创新性与稳定性相结合。同时，深圳大学还注重社会需求与社会责任之间的平衡。除了开设经济、金融等专业，也加强数、理、化、文、史、哲等基础学科的专业教学。比如像外语人才，除了英语、德语、法语、西语之外，小语种的人才深圳也很需要，所以深圳大学就要创办相关专业，这是大学的社会责任与担当。

“大学校长难当，既要听大家的声音，又不能全听。校长就是营造氛围，做培育土壤、播种的工作，只要播种总归有收获，校长像园丁一样，是浇水施肥的。”李清泉不无感慨地说。

在校园文化建设方面，深圳大学通过了《深圳大学文化创新发展纲要》，着力营造大学的文化氛围，注重培养学生高尚的道德情操，培养学生独立思考的批判性思维，独立判断的能力，旨在培养一个个完整的人。注重校园环境和大学文化的塑造，既培养学生的学习研究能力，同时培养他的健全人格和优秀品质。这样的学生才能更好地为社会创造价值，作出贡献。

——这，正是作为一校之长的李清泉一贯推崇的教育理念。

在人才建设和培育方面，深圳市除了依靠本地高校培养外，还注重借助外力推动人才的吸聚、培育和发展。

2006年1月，在全国科学技术大会上，深圳市委书记的发言引起了较大反响。深圳的4个90%第一次被正式提出来：90%以上研发人员集中在企业、90%以上研发资金来源于企业、90%以上研发机构设在企业、90%以上发明专利来自企业。

这一年春天，主管科技的深圳市常务副市长主动找到中科院领导，诚恳地告诉他们，对于深圳而言，多一个亿元企业少一个亿元企业无碍大局，目前最需要的是面向产业技术发展的研究所，迫切需要他们为企业提供科技支撑和服务。

其时，中科院正积极调整科技资源在全国的布局，计划在南方布点开设研究所。中科院领导和深圳市领导一拍即合，双方达成在深圳建设中国科学院深圳先进技术研究院的设想。香港中文大学校长刘遵义也积极要求参与。于是，中科院、深圳市政府和香港中文大学三家便达成了共建先进技术研究院的合作协议。

先进技术研究院是中科院实施科技体制创新的一块试验田。中科院对这个新的研究院确立了一个新的检验标准，不看发表论文的数量，而是要做到“三满意一认可”，即：当地政府满意，当地企业满意，当地人民群众满意，同时还要获得国内国际科技界的认可。

中科院领导经过研究认为，研究院的领导要找认同新理念的人来承担，于是找到了樊建平，樊建平曾在中国科学院计算技术研究所当了较长时间的副所长。而香港中文大学则推荐了机器人领域的知名专家徐扬生教授。

在深圳朋友的引荐下，我采访了深圳先进技术研究院院长樊建平教授。

樊建平，1963年出生于内蒙古，在鄂尔多斯牧区长大，从小就喜欢骑马。1977年念高中的时候，他的理想是当一名司机。司机在当时是令人羡慕的职业。高中头一年半，他都心不在焉轻轻松松地度过，直到高中最后半年（当时高中实行两年制），他才开始发愤读书，想放手一搏看看自己能否考上大学。

樊建平的父亲是学校校长，母亲是数学老师，他从小就经常看着父母在油灯下批改学生的卷子和作业，因此他熟悉书本的油墨味道，喜欢读书。他的高考成绩，数学是98分（名列内蒙古地区第2名），物理96分，化学92分，而语文、政治和英语都不及格。即便这样，他还是顺利地被南开大学数学系录取了。大学毕业后他考取了中科院的研究生，博士研究生毕业后进入中科院计算技术研究所工作，历任计算所课题组长、智能中心副总工程师、国家高性能计算机工程中心主任。其间，他参与了“曙光”并行计算机系列产品的研发。

樊建平在高性能计算机及其应用领域具有深厚的研究基础。作为曙光系列高性能计算机的奠基人之一，樊建平先后主持和参加研制成功了“曙光一号”并行计算机、曙光天演服务器、“曙光1000”“曙光3000”“曙光4000”系列国产高性能计算机和服务器系统。其中，“曙光一号”获1993年中华人民共和国机械电子部十大科技成果奖、1995年国家科学技术进步二等奖、中国科学院科技进步特等奖，“曙光1000”获国家科学技术进步一等奖、中科院科技进步特等奖。樊建平1992年享受国务院政府特殊津贴，1994年获中国青年科技奖。时任总理李鹏在作政府工作报告时，给予了“曙光一号”高度评价。“两弹一星”功勋奖章获得者、“中国光学之父”王大珩院士甚至作出了“‘曙光一号’高性能计算机的价值和作用不亚于‘两弹一星’”的评价。

1995年6月，中国曙光信息产业集团在深圳投资成立了曙光信息产业（深圳）有限公司，樊建平带领课题组十几个人“下海”，由樊建平担任公司的常务副总裁。公司主要生产和销售全系列服务器等，到1998年销售额已近亿元。这一年，樊建平回到中科院计算技术研究所担任副所长。2006年，他被中科院任命为深圳先进技术研究院（以下简称先进院）院长。

2006年3月25日，樊建平带领他的筹建团队一行5人到达深圳，随身带去的开办经费只有10万元。

最初，先进院在蛇口新时代广场租用了一间办公室，这是他们在深圳落脚的第一个临时办公场地。接着，他们开始物色新的办公场所，计划租用南山区医疗器械产业园，同时为招聘的新员工——即将从海外归来的学者寻找住所。

此时，他们带来的10万元开办经费已经花完，从深圳市科技交流中心借来的20万元、从中科院广州分院借的10万元也已花得一分不剩。然而，新的办公场所需要装修，刚租用的员工公寓等着付钱，海外归来的学者也将陆续报到，但是，因为先进院的机构设置尚未正式批下来，因此连个对公的银行账户都没有，资金非常紧张。

就在这时，深圳市科技和信息局局长刘忠朴直接向市里特别申请，给先进院特批了500万元经费，这才解了先进院新办公区装修、公寓楼承租的燃眉之急。

紧接着，南山区政府也给予了大力的支持，提出要先给300万元扶持经费，同时提供蛇口电业小区首批36套人才公租房给先进院的海外引进人才居住。深圳市政府和南山区政府对先进院的发展都给予了大力支持。

2009年，筹建期结束，先进院以自建的方式完成了园区建设。

深圳市政府在西丽深圳大学城东校区划拨了5.1万平方米的土地给先进院。此处位于特区西北角，当时还相当荒凉，道路交通等各种基础设施都不具备。然而，深圳不愧为深圳，在很短的时间里，深圳市就有力地推进了征地、拆迁、平整等多项工作，为先进院的建设扫清了障碍。

先进院边建设边招聘，边科研边产业化。他们一面购买各种科研设备，一面在全球范围内招聘人才。很快，先进院便组建起了高性能计算研究中心、智能仿生研究中心、集成电子研究中心、人机交互研究中心、智能传感研究中心、汽车电子研究中心、精密工程研究中心、生物医疗仪器研究中心、生物医学与健康工程研究所等，樊建平也因此被人称为"拼命三郎"。先进院的建设速度和发展速度，也让深圳市的领导竖起了大拇指。

在组建初期，为了引进高层次人才，先进院一度将眼光投向了北大、清华。当时樊建平想从北大"挖"一位教授。那时中科院已开始实施创新工程，创新工程给予人才的津贴一年可高达十几万元，甚至津贴比工资还要多一些，因此对于高校的教授来说很有吸引力。

北大校长说：中科院搞创新，却创了我们的新，要把我们的人才"挖"走。这个情况被汇报给了中科院院长路甬祥。路甬祥当即明确指示：先进院"挖"人，北大、清华的不能"挖"。

无奈之下，先进院被逼出国去"挖"人才。

2010年4月6日，先进院第一次独立组团，远赴美国招聘，开启了海外招聘人才新模式。至今，有超过600位“海归”加入先进院，并在先进院的平台上快速成长。

在樊建平看来，广东省改革开放以来的快速发展，一直依靠的都是人口、人才的红利。以前，是“大量的外来务工人员＋有头脑的企业家”造就了广东的经济发展奇迹；这些年来，华为、腾讯这些企业在很短的时间内迅速崛起，抓住的是我国大学毕业人才的红利。因此，中国的企业通过40年的奋斗就可以做到世界一流的规模和水平。深圳下一步的发展要进一步依靠知识，依靠人才。深圳各类用人机构重视人才，完全按照市场经济、按人才的价值给予个人待遇，摆脱了以前计划经济按体制职级定工资的桎梏。深圳喜欢用创新力强的干部，爱用年轻的人才，不唯上，不唯洋，不唯“帽子”，不唯院士，不唯国家奖。由于深圳的人力资源流动快，教授工资高，可达国际水平，加上环境好，养老、医保到位，对全球的优秀人才都具有吸引力，因此，深圳有望用20年的时间建成世界一流大学。深圳的发展归根到底要靠年轻人才，靠国际化环境，对深圳有用的人才要英雄不论出处，要不拘一格用人才，要多给年轻人机会。企业的成功之本，一是人文环境，这种人文环境平台是服务而非管人；二是人力资源体系，企业是由人组成的一个组织，管理体制是关键。

对人才的使用，樊建平推崇赛马机制：“跑马中赛马，识马中选拔”，把需要的、想要的人才都留下来。人才是靠比出来的，这样“赛”出来的人才，在先进院都能如鱼得水，有用武之地。未能留下的人，学会了竞争，而不是就想着混文凭、混资格、混日子；留下来的人才，竞争意识进一步增强了，且有世界性眼光，知道谁是自己的对手，成长也很快。因此，先进院近些年有十几位员工获评国家级杰出青年和优秀青年。

就跟樊建平当年管理企业一样，先进院追求效率，追求效益。企业利润主要来自“市场＋销售”这两个环节，先进院则是靠“学问＋科研＋管理”出效益。

先进院抓的那些重大领域的项目都很难在短期内见效益，有的需要10年以上的积累才能产生效益，包括生物医学工程、合成生物学、脑科学、生物医药、大数据、人工智能等，都需要长期坚持，而不能太投机。要有定力，持之以恒，而不能左一榔头右一棒子。

作为先进院的管理者，樊建平认为自己就是园丁，要“拔苗助长”，看好的项目和人才要给钱，要配置资源。先进院实行的是研究中心制，一个年轻人才可以带二三十人的团队，大的团队甚至有300人，先进院负责其60%的工资，其余40%的工资要靠团队自己去挣。大树底下不长草，通过不断地“间苗”，在先进院的“花园”里逐渐地培植出了几棵“大树”，然后再把“大树”移栽出来，挪个地方，独立“栽种”，延伸出一个又一个的产业领域。

先进院作为深圳科研团队中的第一支国家队，如今已经从最初的5人团队发展到了3000多人的规模，建成了8个研究所、1所特色学院、多个特色产业育成基地，各级重要人才计划入选者达500多人次。

先进院在不断探索人工智能、脑科学、合成生物学、材料学等前沿科学领域的同时，将各种研究成果不断转化成实实在在的生产力，自成立以来，已孵化企业968家，在产业转化升级方面发挥了重要作用。

这些成果的取得，得益于先进院独创的研、学、产、资四位一体的“微创新体系”，实现了技术需求方和技术供给方的有效结合。

“研”，指科研机构。先进院着力融合信息技术（IT）与生物技术（BT），重点布局机器人、生物医药、大数据、脑科学、合成生物学、材料学等领域，2019年共发表论文1461篇，其中CNS①系列文章14篇，自然指数上升至23.45，在深圳市科研机构中位居第一；新申请专利1515件，通过PCT途径申请的专利达324件，在中科院系统中排名第一。

在科研成果方面，先进院已成功制备新型模拟人类自闭症的非人灵长类动物模型；以定量公式揭示生物迁徙进化策略；原创大分子新药AS1501获得临床批件；研制出140纳米超分辨3D活体生物光学显微镜；自主研发的超薄芯片临时键合胶材料可替代美国同类产品，不再依赖进口。这些重大成果或见刊于《自然》等国际顶级学术期刊，或打破“卡脖子”技术，应用于医学领域的“国之重器”——超导快速磁共振成像仪中。

---

① CNS（Cell, Nature, Science）是美国《细胞》（*Cell*）、英国《自然》（*Nature*）及美国《科学》（*Science*）三大顶级科学期刊的简称。

“学”指教育。中国科学院深圳理工大学（暂定名）是中科院与深圳市人民政府合作，依托先进院建设的应用研究型大学。该大学将由中科院和深圳市共同举办、共同建设、共同管理，探索“政民共建、科教融合”新型体制机制；建成后将以“三院一体”模式，为国家培养国际化、创新型、复合型领军人才。

“产”指企业。科研成果必须面向市场，运用于企业中，才能转化为生产力。2019年，先进院与产业界合作项目金额达6.95亿元，累计合作金额达19.74亿元，合作企业包括华为、商汤、中国广核集团等龙头企业；新增孵化企业209家，累计孵化企业近千家，其中包括上海联影医疗科技有限公司、深圳中科乐普医疗技术有限公司等行业“独角兽”；新增持股企业38家，累计持股263家，占股部分目前总估值达76亿元。

“资”指资本。先进院设有5支产业基金，规模共达50亿元。通过产业基金的方式帮助企业不断发展壮大。

先进院打造的“研、学、产、资”体系在很大程度上保证了其较高的从技术向市场的转化能力 。

先进院作为新型科研机构的典型代表，实行投管分离、独立核算、自主经营、自负盈亏。因此，其科研成果必须面向市场，才能加快新技术的产业转化，才能实现“产、学、研、资”的良性循环，同时也有效解决了科技与产业脱节的“两张皮”问题。

先进院还采取和企业联合培养高端人才的模式，帮助民营经济转型升级。包括与企业共建联合实验室，和企业联合培养博士后，帮助企业提高研发能力，等等。目前，先进院已与比亚迪股份有限公司、深信服科技股份有限公司等46家企业建立稳定合作关系，累计联合招收博士后118人，累计共建联合实验室102家，通过共同建立实验平台、双导师培养机制，持续为企业输送高端人才。

行业协会在连接研发与产业方面的作用不容忽视。先进院积极投入行业协会及产业联盟建设，由先进院牵头建设的深圳市机器人协会，如今会员企业近500家，产值近1000亿元，已发展成为国内机器人领域会员个数和产值规模最大的地方性协会。

2019年，先进院牵头成立了深圳市人工智能学会、粤港澳大湾区先进电子材料技术创新联盟、深圳市脑认知脑疾病学术与产业联盟、亚洲合成生物学协会，构建起学术与产业间的桥梁。

先进院的科研能力如此出众，与其市场化的运营机制不无关系。

在运营方式上，先进院坚持事业单位企业化运作，改变以往给人才贴“永久牌”的评价机制，实现能上能下、能进能出的流动性。先进院近三年每年人才流动率保持在15%—18%，既保障了先进院人才队伍的创新活力，又以科技人才输入的形式反哺上下游产业经济发展。

在管理模式上，高校和传统机构大多实行学术团队制，强调自由探索，“慢工出细活”，而先进院则实行中心制，强调团队攻关。特别是在面对大型的战略研究课题时，先进院能有效组织多个研究中心同时攻关，形成学科交叉、集成创新的优势。

先进院对人才的引入同样“市场化”。在先进院“三个一流”的建院目标中，“人才一流”被列在首位。博士员工60%以上从海外引进，形成高端科技人才的聚集效应。先进院坚持“但求所用、不求所有”的人才观，通过设立“高级访问学者”岗位，吸纳知名学者非全时工作。目前，在院兼职的客座教授217位，与全市中青年骨干及优秀的年轻博士等组成三级人才梯队，在学科把握、队伍建设、人才评价方面起到了很大的引领作用。2019年，先进院新引入全职院士2人、国家“杰青”3人，新获批国家“优青”4人。截至目前，人员规模已达3364人，其中“海归”超600名，博士后在站人数达552人，在中科院体系中排名第一。

樊建平本人2007年入选“新世纪百千万人才工程”，2009年入选深圳市高层次专业人才，2014年当选中国计算机学会会士，并荣获2013年度深圳市科技奖最高荣誉“市长奖”。

值得一提的是，先进院已连续三年获得深圳市“人才伯乐奖”。继樊建平之后，副院长郑海荣也获得了2018年度“市长奖”，使先进院成为第一个两次获得市长奖的单位。

樊建平对自己的定位是人才伯乐，在业界他被称为“人才猎手”，因为他曾多次带队到欧洲、日本、美国许多一流的高校和科研院所招聘。海归人才占先进院科研人员的三分之二。

先进院在全球招揽人才的同时，也向外输送了大批人才。先进院先后培养了近万名研究生，70%留在深圳工作。先进院人才的流动率很高，每年向外流动的各类人才超过500人，又从全球各地特别是发达国家引进新人才，从而保证了科研团队的活力。团队平均年龄保持在34岁左右。

先进院还与深圳市政府、南山区政府共同发起成立了深圳市国际创客中心，打造创客学院。樊建平说，创客已成为不可忽视的社会创新群体，深圳近年来已成为国内外创客们创新创业的最佳选择，希望能为这些创客提供平台，培育出下一个华大或光启。

先进院致力于打造一片创新的森林，而不是只“浇灌”一两棵大树。以新型科研机构为定位，先进院在深圳创新的土壤中枝繁叶茂，逐渐形成科研、产业、教育与资本四位一体的生态系统。除了建成多个院所和基地外，先进院还成立了机器人、低成本健康、北斗、合成生物、人工智能、电子材料等多个产业联盟或行业协会，不断提升深圳各行业的国际影响力，提高科研成果转化率。以机器人为例，先进院牵头创立了中国第一个机器人产业协会，会员企业400家，推动深圳机器人产业总值由2006年的5亿元发展到2018年的1035亿元。

先进院的发展布局还包括脑科学、肿瘤治疗、合成生物、大数据与智慧城市、新能源与新材料等。

在樊建平看来，十几年前，深圳更多地专注于“E”（Engineering，工程）；此后，逐渐转入“T”（Technology，科技），关注核心关键技术；现在，已进入“S”（Science，科学）领域。从“E”到“T”再到“S”，就是深圳模式，这是一座城市不断向源头技术进发、不断提高自身创新力的表现。在采访接近尾声时，樊建平说，深圳市政府要进一步重视人才政策的创新，重视新型科研机构的建设，从引入海归人才的2.0时代发展为引入国际高端人才的3.0时代，真正做到聚天下英才而用之。

2021年3月2日，世界知识产权组织（WIPO）公布了全球2020年专利领域的国际合作条约PCT的专利申请情况，深圳先进院通过PCT途径申请的专利为567件，同比增长54.5%，累计申请专利10491件，申请量位居全国高校及科研院所第一。先进院申请的专利主要集中在知识产权密集型的前沿科技领域与战略性新兴产业，领域覆盖面广、交叉性强。截至目前，先进院累计授权专利4360件，通过PCT途径累计申请专利1525件。

在产业培育方面，2020年先进院新增孵化企业220家，累计建立企业联合实验室147个，企业博士后创新实践基地61家，持股企业301家，股权价值估值87亿元。产业内容涵盖健康与医疗、新能源与新材料、机器人与人工智能、大数据与智慧城市等多个领域。

现在，中国科学院正依托先进院的科教基础，筹建中国科学院深圳理工大学。这座大学的定位是面向未来科技与产业发展的人才需求，培育兼具科学家精神和企业家梦想的国际化、创新型、复合型创新人才，打造粤港澳大湾区标杆性的具有中国特色的世界一流研究型大学。

作为中国科学院深圳理工大学筹备办主任，樊建平提出，深圳理工大学要建成世界一流的大学，需要在四个方面进行创新：

一是科教融合。现代一流大学的核心还是要科技强。过去大学是将别人已发明的知识教给学生，而现在的大学还有一个最重要的任务就是创造新的知识，也就是0到1的创新。

二是产教融合。因为很多的科学研究源于产业需求。如今，单学科上的创新可能性很小，反而是多学科的交叉与需求的交叉才可能促生新的创新想法。此外，产业不仅能提供经费，提供大量的需求数据，也能够提供仪器和设备。一所学校不是孤独在社会之外，孤独在政府之外的，一流的大学成就一流的城市，一流的城市用于一流的大学。因此，如果办一个大学对城市没有任何的回报，这所大学就没有生命力。

三是国际化。科学研究虽然在世界范围内有几个中心，但是这些科学研究中心的人才都是从全世界范围吸纳的，老师从全世界吸纳，学生也是从全世界青年里面选最好的学生。

四是体制机制。世界一流的大学基本都是私立大学，如果我们国家在办学的体制和机制上面进行创新，鼓励一类非传统，非政府办的大学，可能很快就会出来一流的私立大学，或者是社会化的民办大学。

百花盛开春正好，为有阳光雨露足

2017年8月17日，深圳市第六届人民代表大会常务委员会第十九次会议通过了《深圳经济特区人才工作条例》。这是深圳专门就人才工作通过的一项地方性法规。

深圳是一座因人才而兴、因人才而盛的城市。长期以来，深圳市委、市政府高度重视人才工作，特别是近几年陆续出台了“促进人才优先发展81条”“十大人才工程”等一系列人才政策，形成了较为完备的政策体系，取得了显著成效。其实，早在2002年7月，深圳就出台了《深圳经济特区人才市场条例》。十多年来，形势不断发展，人才工作的内涵、对象不断拓展，仅仅针对人才流动而制定人才市场条例已不能满足现实的需要。随着深圳的城市发展，人才规模不断壮大，尤其是海外人才大量引进，对人才立法进行修订的呼声越来越高。

就是在这种情势下，深圳人才工作条例应运而生。条例的推出，旨在以人大立法的形式推动人才工作，确立最具刚性的约束要求，消除制约人才发展的各种障碍，构建开放活跃的市场机制。

一是放权。向用人主体充分放权，取消非学历教育办学机构、职业培训机构设立和人力资源服务两项行政许可，改为登记备案制；对于专业技术资格和水平评价类，职业资格评定工作可由符合条件的行业协会和学术团体承接。二是松绑。放宽或取消对人才的各种限制，支持高校科研机构吸引企业创新人才兼职，鼓励事业单位科研人员离岗创业等。三是破壁。破除各种壁垒，畅通各类资源流动渠道，将以财政资金为主购买的科研设备与仪器向相关人才开放共享，打破体制壁垒，吸收非公有制经济组织和社会组织中的优秀人才进入国有企事业单位、党政机关，打通技能人才与专业技术人才职称互评通道。

深圳是一座创新城市，集聚了一大批创新企业，PCT国际专利申请量连续十余年雄踞全国第一，人才工作条例的制定，为这座国际科技、产业创新中心和现代化国际化创新型城市建设提供了智力支撑。条例明确规定：建立健全侵权预防预警和应对机制，营造激励人才创新创业的公平竞争环境，完善惩罚性赔偿制度，建立人才信用征信系统，鼓励知识产权证券化，创新知识产权投融资产品，完善知识产权信用担保制度。坚持物质奖励与荣誉激励并重，实行更具竞争力的“高精尖缺”人才激励政策。将每年11月1日定为深圳人才日，营造尊才爱才的社会氛围。建立人才荣誉和奖励制度，由市、区人民政府向有重大贡献的各类人才授予荣誉称号，并给予奖励，让人才名利双收。市政府设立人才伯乐奖，对在本市人才培养引进过程中作出特殊贡献的单位或个人给予表彰奖励。

根据人才发展的特点和需要，促进人才服务提质提效。建立人才服务清单，规定人才招聘、评价、流动等环节中的行政许可和收费事项，明确制定人才公共服务清单，明确服务种类、性质、内容和方式，明确政府对人才服务事项的范围和职责。放宽人才服务业准入限制，培育人才猎头等各类专业性社会组织和人才中介服务机构，设立人才发展基金和人才创新创业基金，为人才提供资金支持和保障。把提供人才安居保障纳入市、区住房保障部门的法定职责，“十三五”期间为人才提供30万套人才住房，是“十二五”期间的4.5倍。建立全市统一的人才综合服务平台，整合相关职能部门的人才认定、项目申报、配套待遇落实、创业扶持服务等职能，建立一口受理、一口对外、内部联动的人才服务机制，为人才和用人单位提供一站式高效便捷服务。

为了具体了解深圳市的人才工作，我采访了深圳市委组织部人才工作局的黄河副处长、杨怡主任科员，他们向我大致介绍了深圳人才工作的基本情况。

黄河说，深圳市一直坚持“人才是第一资源”的理念。其一是坚持“创新驱动实质上就是人才驱动”的工作原则，在人才工作方面有很多亮点，归根结底是要让各种人才政策形成一种合力。市人才工作局负责管理宏观政策和服务，从上到下，各区对人才工作都有共识。深圳市实行“孔雀计划”，对高层次人才给予80万至150万元的奖励补贴，有的区还给人才分配人才房。20世纪八九十年代资金缺乏，那时，政府部门的主要考核指标是招商引资，即以引进资金多少作为考核指标。而现在，资本不再是问题，只要有人才有项目，就可以搞成投资项目，因此，深圳市早已从招商引资过渡到了招才引智。

其二是坚持人才为产业服务的原则。人才引进工作围绕产业发展进行，为此，行政机关要确定区域性的产业特色和创新创业特色，先确定区县产业目标，再根据产业发展需要引进城市短缺人才。深圳市的产业发展以电子信息、通信、生命健康、海洋等为龙头，通过产业来招才、引才、吸才。

其三是产业转化能力强，这是深圳市的一个突出特点。深圳一方面通过联合清华、北大、哈工大、香港中文大学等国内名校，共建深圳校区；另一方面，通过中外合作办学，成立深圳北理莫斯科大学等，双管齐下，不断增强人才培养能力。力争在产业方面做到最好，在人才服务包括医疗、养老等方面做到最好。深圳市的创业氛围好，创新氛围浓烈，创新能力强。

其四是深圳市得益于与香港毗邻和粤港澳大湾区的建设。深圳市建立了24小时通关口岸，陆地入境人数一直占全国百分之七八十的比例。改革开放初期，深圳利用外资主要是利用港资，形式基本是前店后厂。深圳政府高效运行也都是向香港学习，如吸收香港的国际化特征、自觉接受媒体的监督等。

黄河认为，人才工作要围绕国家的大政方针来开展。在如何用好人才方面，政府部门要主动作为，落实为人才服务的理念。

杨怡介绍说，深圳对人才一向持开放态度，“来了就是深圳人”，“深爱人才，圳等你来”。深圳通过各种办法吸引人才落户，包括给予本科以上学历的年轻人才1.5万至3万元不等的一次性补助。人才的项目考核也按照其规划的完成情况进行，眼光放得长远。政府高效，公务员都上门服务，而不是等人才上门，给予人才子女入学、就医保障、配偶就业等方面的配套服务，人才环境好，人才服务公平、高效。

深圳在全国率先实施人才“秒批”政策，充分信任人才，改事前审批为事后监管。人才将学历、职称等信息上传到指定的官方网站后，即可自动审批落户。在2016年，只有大学本科以上学历、有工作单位承接的人才可以落户；而现在，只要是大专以上学历、35岁以下的人才都可以“秒批”落户。针对外来流动人口的子女入学、买房、购车等问题，深圳市规定，只要有居住证且社保缴纳满两年，即可享受本市户籍人口待遇。

深圳市容环境好，对人才非常尊重。深圳湾建了人才公园，于2017年11月1日开园，人才公园里立了改革先行者袁庚和深圳市第一位院士牛憨笨的石像，旨在为人才树碑立传。公园内还建有星光大道，星光大道桥上设立了100多根人才星光柱。

深圳市设立了深圳人才研修院，对人才进行国情、党情、党性修养的培训。研修院每年举办几十期高层次人才研修班，一个班30—50人，还组织人才去红色革命基地参观并接受教育。人才研修院由市委组织部牵头、干部疗养院承办、人才局指导，于2016年10月成立，对高层次人才进行轮训，所需经费由市财政拨付。

深圳市还建立了深圳人才工作网、人才深圳微信公众号等线上宣传服务平台，组建了深圳人才集团，该集团主要由原深圳人才大市场转化而来。深圳人才工作局升格为副局级单位，各区人才工作部门也都相应升级为人才局，为高层次人才提供一站式服务，23项服务都可以在网上办理。

利好引俊杰，多招育英才

深圳市人社局高度重视人才引进、人才培训方面的工作，出台了很多人才扶持政策和措施。

为具体了解深圳市培植人才的举措，我走访了深圳市人社局各有关处室。

市政府层面，有高层次人才认定，市级表彰奖励，邀请国外人才参与的面向国际的“双创”大赛，春季、秋季举行的针对应届毕业生就业的“双选”会，组织企业到高校去招揽人才特别是博士后人才，举办中国国际人才交流大会，特别安排留学生专场和机关事业单位人才专场招聘会，在高交会上开展人才招聘，等等。

在专业技术人才、技能人才的职称评定方面，深圳不再对人才的计算机和外语水平作硬性规定和要求，而是在体制内实行评、聘结合。职称评审实行“放管服”改革，推动社会化职称评审，交由市场评价，放权交由具有公信力和诚信度的行业协会来评审。按照国家和深圳市的要求，凡是符合专业条件的协会均可承办评审，由市人力资源保障局确认评审结果并发放职业证书、职称证书。

深圳还实行高层次人才举荐制。全市的高端人才，包括马明哲、王传福、徐扬生、杨汉明、王石等，每年都可以举荐两名小于35周岁的青年人才。这些被举荐的人才来深圳工作一年后即可被认定为后备级人才。2018年底规定，凡是深圳市认定并签过工作合同的杰出人才，均可举荐青年人才。目前共有60多人具有举荐权。

对高校毕业生的招收、在职人才和海外留学生的引进，深圳都实行“秒批”。特别是对全日制大学毕业生实行直接入户：将个人身份证信息与银行信息比对，实行实名注册，查验学历，不限学校，根据学历可以直接落户。深圳每年接收大学毕业生约20万名，接收留学回国人员近2万名。

深圳市自1995年起开始接收博士后，目前全市有博士后工作站110多个、创新实践基地200多家，主要涉及新兴产业和高新产业。政府搭建平台，鼓励企业、高校院所和医院成立可以招收博士后的工作站，通过校招活动，吸引海内外人士来深圳做博士后研究。2018年，深圳市引进1385人，占全省近一半，博士后工作站在站人数2735人。深圳生活成本高，政府给予博士后发放生活补贴和科研资助，每年给18万元资助，连续资助两年。博士后出站后来深或留深从事科研，政府再给予科研资助每年10万元，连续给3年。深圳接收的境外博士后超过150人，其中，来自我国港台地区及印度、巴基斯坦和伊朗的人员占70%。

人力资源市场处的工作人员介绍说，深圳市政府打通了各个部门之间的壁垒，实现数据共享，因此从2016年开始就可以对大学生入户进行“秒批”，可通过网络直接发送短信给人才，通知其去办理落户。深圳人才数据增长较好，2018年创了新高。在人力资源服务工作方面，深圳市实现“三个一”：

一是建立了国家级人力资源服务产业园。目前，全国共有35个国家级人力资源服务产业园，其中4个园区在深圳，即宝安、龙岗、罗湖、南山前海人才园。产业园服务高层次人才600万人次，注重引进知名人才服务机构，并给予政策优惠。

二是出台了首部扶持人力资源服务产业的政策，每年投入8000万元。

三是将人力资源服务机构的设立由行政许可改为登记备案，实现全网流程提交、零跑腿。到2018年底，全市共有627家人力资源服务机构，不包含劳务派遣机构。另外，深圳还引进了跨境的猎头公司。

深圳对人才实行技能鉴定、激励政策，除此之外，还实行培训补贴。针对高端技能人才，深圳有“鹏城工匠”的评选，这是技能人才的最高荣誉，2016年起开始实行。每年获评“鹏城工匠”的人员不超过10位，给予每人奖金50万元。第二层级的荣誉是“技能菁英”，每年评选出35岁以下的人才30人获此殊荣，给予每人20万元资助，包括鼓励其出国研修的补助。

以前深圳市鼓励技能人才设立大师工作站，一设立即给资助。2016年以后改为项目制，培训工作量达标才给钱，看到培训效果再给资助，以保持其动力。政府还对补贴办法进行了调整，将校企合作制即新兴的学徒制纳入补贴范围。

政府推行发放职业技能培训券政策，最高额度是一家30万元。以前的培训补贴是补到个人，只有考到资格证后政府才给补贴，现在改为给企业培训券，达到一定的培训工作量就给。培训费用人均不超过800元。2017年11月1日起，《深圳人才工作条例》实施，民办培训机构的设立由许可制改为备案制，通过市场提供服务，只要是深圳市的合法培训机构就可以开展培训，补贴资金都直接进入培训市场。培训工匠、技能人才所在的行业不限，包括汽车钣金等产业。在2018年的中华技能大赛中，30个获奖者中有1个来自深圳。全市有300多家培训机构（包括职校），2018年底全市有技能人才353万人，其中高级技能人才及高级工有110.3万人。

为了了解深圳人才市场的情况，我专门采访了深圳人才集团综合部负责人王斌。

据王斌介绍，深圳市从1984年开始设立人才市场。最初，人才市场是要卖门票的，每张门票5元钱，那时人才市场人山人海，来招聘求职的人多如牛毛。从周一到周日，人才市场都开设有常设性的求职招聘会，求职的人从招聘大厅一直排到外面的广场上。人才市场吸引了无数的人到深圳来“淘金”。

人才市场每天都要在《深圳特区报》和《深圳商报》上设立固定的版面，发布招聘信息，周一最高峰时要发两三个整版。

在人才市场门口卖盒饭的、招揽求职者住宿的，生意都非常火爆。那时盒饭一盒卖5元钱，住宿住的是农民房，一晚上10元钱，往往都供不应求。即便是在2003年“非典”（SARS）事件发生的那几个月，人才市场也没有关门停业。保安在门口用测温仪给进入人才市场的人量体温，还发放口罩，人才招聘工作平稳进行，基本没受影响。至今，许多深圳人仍对当年人才大军南下涌进深圳的场景记忆犹新。成千上万的人通过人才市场的招聘会，找到了工作，许许多多的企业招到了自己所需要的人力资源。

现在，人才市场依旧承担着流动人员档案管理、人才人事代理的职责。其中包括进深人员的人事档案保管，人才市场目前仍旧保管着90万份人员档案。从2015年1月开始，由市财政购买服务、人社局委托，人才市场免费保管这些个人档案，为个人的公证、政审、职称评审、退休等审档需要提供服务，包括为组织部门提供“三龄两历一身份”的审核等。

如今，电子档案开始推广，档案的电子化扫描、目录建设工作也开始逐步展开。个人档案证明可以通过网络预约办理，再到窗口进行鉴别。

目前人才市场接收人事、人才代理的对象主要是一些民营企业。在人才引进、办理户口和人事代理时，有些单位没有人事权，就可以委托人才市场来代理。人才市场在深圳市的9个区（除盐田区外）都设有窗口网点。人才代理收费，从申请调入到入户，不超过480元，调干和毕业生每人260元。大专以上、35岁以下者可以先入户再入职。

每年人才集团最忙碌的时段一般是在2月份，因为3月很多小孩要入学，需要办理档案。政府正在大力推行“最多跑一次”改革，让数据多跑路，让百姓少跑腿，百姓的纳税、社保都可以通过网上系统申请，调令电子化，办理落户也是通过短信推送，人才拿着短信去公安部门办理入户。人才集团的工作人员经常需要加班加点，工作到晚上七八点是常态，周六周日有时也要加班，以确保每一份需要办理入户、小孩入学手续的申请都能得到及时、妥善处理。在今天这个网络化、数据化的时代，居民办理档案、人事事宜越来越方便，越来越经济便捷。譬如，以前招收一个人才，被招收者需要开具内地的计划生育证明，需要缴纳城市增容费，从140元到2000元不等，企业还要为每个落户的职工交纳2万至3万元的城市增容费。而且，每个企业纳税满50万元才给一个落户指标。现在，除了调干，人才落户只需要个人签名盖章即可办理，不仅省了钱，而且办起来很方便。人才入户后，政府还有优惠政策，比如有住房补贴，可以申请公租房等。

王斌回忆说，最辛苦的是档案办理窗口的工作人员。深圳人才中心的档案窗口，被国资委评为先进单位，也被深圳团市委授予了先进单位称号。窗口工作人员每天都要面对很多不同的问题，压力也大，有时态度难免急躁，而且经常加班加点，收入并不高。但是人才集团企业的核心价值观是：成就他人就是成就自己。王斌曾于2002年到2013年间在前台窗口工作了11年，遇到过许多鸡毛蒜皮的琐碎小事。现在，他的年薪翻了几番，他的生活理念是：做好现在，做好眼前，路选好了往前走就好了。

成立深圳市人才研修院是深圳市服务人才的一个创举。人才研修院是专门为人才特别是高端人才服务的一个培训研修机构，在全国堪称独此一家。其创立是在全国、全球重视人才的背景下，深圳市委为了促进人才优先发展的战略所出台的服务人才的一项具体举措。

我专门采访了人才研修院秘书长陈明。他指出，人才研修院的职工都是服务员，他们天天都在为深圳的高端人才服务，为他们端茶送水，每个人都是带着对人才敬重的感情在做事。这说明深圳已经形成了尊重人才、尊重人才的劳动的浓厚氛围。

人才研修院担负着五项职能：思想教育上的政治引领；人才交流，促进人才和项目以及智力和资本、企业的对接；政策宣传；成果展示；疗养保健。

人才研修院是在1983年成立的深圳市疗养院的基础上改建的，不增加编制和机构。2016年12月，陈明从深圳市委组织部干部处调来此处工作。他说，目前深圳市认定的高层次人才有1.3万多人，人才研修院就是要为这1.3万多人才服务，它实际上是一座人才党校，而陈明自己则是代表深圳市委来做这些服务工作的。研修院的宗旨是服务，而不是教育，是为了让每一位到这里来的人才感受到25摄氏度这一人体最舒适温度，这也是研修院工作的主线和红线。研修院举办国情研修班，着眼人才的需要，开展国情教育，宣传党的十九大精神和习近平新时代中国特色社会主义思想；带领人才去红色基地参观游览，学习党史、新中国史、改革开放史、社会主义发展史；带领人才去现场学习实践，包括到青海的原子城、贵州的“天眼”等，让人才了解科学家的奉献，也拉近他们与科学家的距离。研修院有时也请院士、人才楷模来院讲课。

许多人才在去红色基地参观、学习的过程中，进一步增强了对党对国家的感情。研修院近期组织一批人才去福建古田参观，那些高层次人才看到大山里埋藏着的那些十五六岁小红军的坟堆时，都被感动了。绚图新材科技有限公司的林海晖去了古田，回来后又专门与自己的几位友人共赴延安，接受革命历史的教育。

研修院工作人员同时也是人才服务专员、基金经理，他们和研修院的学员们同吃、同住、同受教育，帮助他们对接创新创业基金，帮助他们解决投资资金、项目落地问题。林海晖就在这里和其他学员签署了一份协议，他们的合作项目成功地在清远市落地。

人才研修院的目标是打造一个“永不落幕”的研修院。研修班一期通常是5天，实体培训结束之后，大家还建立了20多个微信群，研修院的人才专员也在微信群里，继续为班级成员服务。有了这样的微信群，党委的声音就可以被及时地传递给广大的人才。譬如，有些人才对中美贸易摩擦的情况不太了解，人才服务专员就通过微信群给大家分享相关信息，帮助大家了解国家大事。

研修班还能促进人才之间的相互交流，甚至能够帮助部分人才解决婚姻难题。中国农科院有一位教授，是位38岁的博士科学家，因为整天忙于科研，家庭问题一直没有解决。通过研修班对接，班上一位教科院的副院长明确表示，研修班的学习结束后就帮助牵线介绍，争取解决他的个人问题。有的研究机构缺乏人才，研修班的同学就为其推荐博士，组建科研团队。

通过参观红色基地，有的人才回来后就提出了入党的请求。他们说，要感谢中国共产党，感谢政府给了他们赚取人生第一桶金的机会。大学期间，他们忙于其他事务，未能有机会入党；去了古田、去了井冈山，回来后专门找到组织部，请求入党，还有人问：40多岁了还能不能入党？组织部的答复是：年龄不是问题，只要够条件，都可以申请入党。

陈明说，研修院的目标是把全市1.3万名高层次人才在1—2年的时间内全部轮训一遍。研修班为他们提供食宿和交流平台。培训方面，研修院采取开放共建共享的办法，举全球资源办班，不养师资，师资都由外面引进，院士资源、全球的优势资源都可以引进，有的学员也可以兼做教员。

研修院还举办创业辅导讲座，安排创新创业沙龙，人才服务站、创业基金都可以进来，帮助项目、基金、技术对接，推动项目落地。

人才研修院还是一座生态园，有智能课堂，通过物联网可以实现同步上课和提问。

研修院是个人才聚集的地方，可以推动人才的跨界交流和合作，促进跨学科的融合和发展。这里汇聚了智力、人脉、项目三方面的资源，1.3万名人才在这里聚合，可以迸发巨大的能量。陈明最后表示：研修院要起到一种政治引领的作用，引领人才与党同心，发挥凝心聚力的作用。

来了就是深圳人

牛憨笨是深圳市的第一位院士。他是我国杰出的光电子学和超快诊断技术专家，原先一直在中国科学院西安光学精密机械研究所工作，1997年当选中国工程院院士。

在西安时，牛憨笨的课题组研究范围比较窄，为了扩展研究领域，他决定去往一个更高的平台。对于已经59岁的牛院士来说，做出这么重大的人生抉择需要下很大的决心。

1999年，深圳大学费尽周章，将牛憨笨从西安光学精密机械研究所调出，同时一并将他的课题组共18名成员迁入深圳。

之所以选择南下深圳，牛憨笨称，主要是因为自己当时希望将科研与产业结合，而二者结合需要巨额经费，深圳方面承诺给予其极大力度的经济支持。

牛憨笨带领科研团队来到深圳大学后，深圳大学为其提供的条件十分优越：当年即争取市政府投资1亿元建实验室，还成立了深圳大学光电子学研究所。

此前深圳大学没有招收博士生的资格，牛憨笨到了之后，大大带动了深圳大学的学科建设。2006年深圳大学首次成为博士授权单位，并在第二年建成博士后流动站。

牛憨笨是一个勤奋的人。他说："名字虽然只是个符号，但使我终身受益匪浅。它告诫我不学习就会变'憨'、不勤奋就会变'笨'。我应当像牛一样，为祖国的科研事业耕耘不止，哪怕到了80岁，我还要在实验室和学生们泡在一起。"

到深圳大学后，他曾多次说："希望我的实验室的灯光，能够带动更多实验室的灯光亮着。"牛憨笨实验室的灯光即便在节假日里也亮着，为深圳大学营造了良好的科研氛围。学生们夜晚看到导师办公室的灯光是亮着的，知道他还在，就会敲门进去，向他汇报实验结果、和他讨论问题。在同事们眼中，牛院士除科研以外没有其他什么爱好。

在深圳大学工作的十几年间，牛憨笨培养了近80名硕士、博士研究生。他非常负责，对学生总是进行一对一的辅导。有的学生希望导师能把科研课题的要求降低一点，结果遭到了牛憨笨的批评。他说，按什么标准申请的课题，就必须按什么标准完成，一点折扣都不能打。后来牛院士病重住院，连说话都已经很艰难了，但是当学生来到病床前，他仍然通过纸笔与学生进行科研交流。

在深圳大学期间，牛憨笨参与过一系列科研项目的产业化工作，有的企业还成功上市了，牛憨笨因此也拿到了不菲的报酬。但是他回到学校后就把这些钱捐了出去，成立了以自己名字命名的奖学金，将它们回馈给学校，以奖励学生。

2016年7月4日，牛憨笨因病去世。2017年11月1日，深圳人才公园开园。公园里立了两尊石像，一尊是袁庚，另一尊就是牛憨笨。

让每一位深圳人都津津乐道的深圳院士，除了第一位院士牛憨笨之外，还有由深圳本土培育的首位院士郭仁忠。

2013年12月，深圳市规划和国土资源委员会副主任郭仁忠当选为中国工程院土木、水利与建筑工程学部院士。消息传来，全城轰动，因为他是深圳本土培养出来的第一位院士。

郭仁忠1956年出生于江苏盐城的一个普通农民家庭，从小衣不蔽体，食不果腹，家庭条件艰苦，但是父亲还是坚持让五个孩子读书。1977年国家恢复高考，此时距离21岁的郭仁忠高中毕业已有5年。为了获得一份稳定的工作，他通过在油灯下苦读，终于考上了武汉测绘学院（后更名为武汉测绘科技大学），成为村里的第一个大学生。随后，他又考取了本校本专业研究生。1984年，郭仁忠硕士研究生毕业后留校任教。1988年，他获得教育部公派法国留学资格。从未学过法语的郭仁忠，只用了两年时间，就于1990年以优异的成绩获得法国弗朗什·孔泰大学地理学博士学位。

学成后，郭仁忠毅然选择回到武汉市工作。他说："我是国家派的，家在中国，我必须回去！"

作为我国第一位测绘学博士后，他在几年里主持、承担或作为主要成员参与了十余项国家级和省部级科研项目，获得了多项省部级科技成果奖励。

1993年，应深圳市规划国土局邀请，武汉测绘科技大学派出郭仁忠和另一位教授带领项目团队到深圳参与国土资源管理信息化建设。郭仁忠十分看重这次将新技术应用于工程的机会，全力以赴，取得了突出的成绩。

1996年，深圳市规划国土局主动邀请郭仁忠调入该局，并主持规划国土管理信息化工程。这时的郭仁忠已经是武汉测绘科技大学的教授、博导，学校领导一再挽留他。

留在武汉，郭仁忠大有可为，而选择去深圳开疆拓土，则要“赌”上半生的学术声誉和未来，不成功便是“败军之将”。因此，这是郭仁忠面临的一次重大的人生选择。

在家人们的无条件支持下，郭仁忠决定举家迁往深圳，那个最需要他的地方。

到了深圳，英雄有了用武之地。20世纪90年代后期，郭仁忠在深圳组织建成了我国最早的、基于GIS技术的大型分布式国土资源管理信息系统，对全国国土资源管理的信息化进程起到了重要的引领和推动作用。深圳市规划国土信息化建设影响深远，它所创造的无纸化办公、窗口式办文、公文督办、电子信访等“电子政府”模式，后来逐渐成为全国各地政府和政府各部门“电子政府”办公的标准和范式。2000年，深圳市规划国土信息化工程荣获国家科技进步二等奖。

然而，郭仁忠的雄心并不止于此。他认为政务系统的信息化建设还可以做得更好，一个城市应该只有一个政府，要突破公安、规土、环保、交通等政府部门分而自治的现状，破除体制机制障碍，构建全市各区所有部门相互打通的一体化综合信息系统，才能进一步提升政务绩效和城市综合服务水平。

针对深圳土地资源管理的实际需要，从2006年开始，郭仁忠还组织团队开展了三维地籍技术研究，成功解决了三维拓扑关系自动构建等核心技术难题，在国际上率先研发成功三维地籍实用系统。

2013年，郭仁忠当选中国工程院院士，而当时他的身份是深圳市规划和国土资源委员会副主任。公务员当选院士，被外界视为“只有深圳才能创造的奇迹”。

郭仁忠对此也深表认同。他不无感慨地说：“感恩深圳，我40岁来到深圳，57岁当选院士，80%以上的成果都是在深圳产生的，我是实实在在的深圳培养出来的院士。如果不是来到深圳，我很难成长为院士，很难诞生这样的成果。创新是深圳的基因，深圳在各个领域的健全制度和领先思维成就了每一个想做事的人，让人每天都有创新的冲动，总希望拿出更好的成果。在这样的环境下，我必须使技术更成熟、更有新意，否则会有点不好意思。”

2015年，郭仁忠被深圳大学聘为特聘教授。2017年5月，年逾花甲的郭仁忠出任深圳大学智慧城市研究院院长。智慧城市研究，成为他新的奋斗目标。

现在，郭仁忠正带领团队开展智慧城市相关核心技术的研发，包括泛在感知、城市建模、大数据分析等，覆盖智慧交通、安全应急处理、城市规划、土地管理大数据等领域。其中，一项重要的基础性研究工作是真三维的虚拟城市环境建模及应用，即在计算机世界里，以数字孪生的形式，将城市地理空间从地上到地下、从室外到室内进行虚拟重构和立体呈现。而后，在这个数字化的虚拟城市模型上整合各类城市数据，静态的如社会、经济、人口信息，动态的如道路监控视频、手机移动信号等，形成一个可分析计算、可仿真模拟、可视觉感知的数字城市。这样的一个数字城市，可应用于多种城市治理和服务场景，如规划方案模拟、交通仿真、公共资源配置、生态环境监测等各个方面。

2019 年，郭仁忠牵头组织的“城市多规数据融合与动态认知平台关键技术研究与示范”项目入选国家重点研发计划“物联网与智慧城市关键技术及示范”重点专项，成为 15 个立项的重点专项之一，获批中央财政经费 1757 万元。该项目也是深圳大学建立以来第三个牵头申报成功的国家重点研发项目。

在谈到自己成功的原因时，郭仁忠谦虚地说：“一个人做事能成功，要有基本能力，也要有个人的努力和机遇。再聪明，不努力、没追求，也很难成功。”他指出，自己成功的三要素是能力、勤奋、机缘；很多院士不一定是最聪明的人，但一定是最勤奋的，再加上一点点机缘。

而对于郭仁忠本人而言，这个机缘就是来到深圳，这里开放包容的环境为他提供了广阔的舞台和创新的机遇。郭仁忠自己说：“来了就是深圳人。包容的环境为深圳引才、留才、育才夯实了人文基础，开放的市场让深圳充满了活力、创新力，自由的思想决定了深圳是一座天生具有竞争性的城市——也正是包容性、开放性、适度的竞争性，推动了深圳市的可持续发展。”

人是生产力中最活跃、最具革命性的因素，而具有创新创造能力的人才，则是生产力中最根本、最重要的要素。科技是第一生产力，人才是第一资源，而掌握先进科技和才能的人才，更是决定生产力发展水平的主要因素。

培养、造就、拥有大批的人才，是一个国家保持青春活力、保持旺盛生机和生命力的根本所在。国家之本在于教育，在于育人。人才的培养、优质的人力资源，是一个国家可持续发展的根本保障。

对于国家来说是如此，对于一座城市来说亦是如此。深圳市改革开放40多年以来的发展历程，以生动的实践和无可辩驳的事实告诉我们：人才是支撑深圳持续高速发展的根本原因，也是其快速发展的奥妙所在。

作为一座新兴城市，深圳之所以对人才具有如此大的吸引力、凝聚力和塑造力，原因就在于她是一座青春的、包容的、开放的城市。她没有成见，没有偏见，没有歧视，没有忽视，她重视并鼓励每个人的创造力、想象力和主动性，而且愿意通过自己的努力，为每个人的成长创造优越的条件，让每个人都能够身心愉悦地在这里自由地扎根、发芽、繁衍，枝繁叶茂，硕果累累。因此，深圳是一座活力充沛的城市，她让无数的人梦想成真，又不断地吸引更多的追梦人到这里来创造他们的梦想，追逐他们的梦想，铸就他们的梦想。

深圳的人才密码或许可以归结为公平竞争的氛围，归结为创新的环境。

当今世界，城市的竞争和发展，全靠人才做支点。深圳的人才工作和人才事业的成就，为全国千千万万渴望谋求发展的城市作出了表率，也提供了丰富的经验和可供参照的模式。

“水往低处流，人往高处走。”在解决了温饱问题之后，实现了全面小康的中国人，越来越希望能够有一个不断提升和发展自己、发现和发掘个人潜能的平台。深圳就为这样的一群人，上自院士下至普通的打工者，创造了这样的机遇、条件和环境。于是，大量人才为实现自我价值，都涌到了深圳，“孔雀东南飞”的场景经常可见。

作者手记：深圳为什么行?

2020年是深圳经济特区成立40周年。40年前，深圳还是一座小渔村。因为贫困落后，当时有不少广东和内地其他省份的居民都选择通过深圳河偷渡去香港。40年过去了，深圳这座小渔村实现了华丽大转身，摇身一变，成为一座特大型国际性都市，经济社会面貌发生了翻天覆地的变化，GDP跃居全国各大城市前茅，甚至超过了香港。

发展是第一要务。一切问题都要依靠发展来解决。深圳40余年来的迅猛发展是中国改革开放成就的典型代表，也是考察中国经济社会发展的一扇窗口。深入剖析深圳发展的原因，其根本就在于依靠“人才立市”，依靠科技进步和先进的管理理念。深圳生活成本并不低廉，但是为何无数的人才都要“孔雀东南飞”、纷纷奔赴深圳？其根本原因就在于深圳为人才的发展营造了良好的氛围，创造了有利的条件，提供了发展的空间。

断断续续在深圳和北京采访的一个多月时间里，我一直在思考这样的问题：深圳为什么能？深圳为什么行？我尽可能地走访了负责人才工作的市委组织部门、人力资源和社会保障部门、人才市场等各种为人才服务的机构和部门，同时采访了一批优秀的人才代表。这其中，既有作家、艺术家、企业家、管理者，也有校长、教授、院士、科学家、研发人员、工程师等。从这些年富力强的人才身上，我找到了深圳发展的奥秘，也找到了中国改革开放成功的重要动力，即人才驱动、智力驱动。无论是一座城市，还是一个国家，只有将发展建立在坚实、稳固、可靠的高素质人力资源的基础上，才是扎实的、可持续的。深圳40年的改革发展历程及其所取得的令人瞩目的成就，正是因为引进了数百万各层次、各方面的人才，和数以千万计的普通劳动者所共同造就的。

幸福是奋斗出来的，青春是用来奋斗的，中国梦是“拼出来”“干出来”的。在深圳，我们看到每个人都在努力奔跑，每个人都是“追梦人”。他们意气风发、昂扬向上，他们对未来充满渴望和憧憬，他们在这座年轻的城市辛勤耕耘劳作，开辟和创造属于自己的未来和世界，并由此造就了这座城市的繁荣昌盛。在深圳，我们看到了中国的希望和未来。我也祝愿中国能够从深圳的发展中获得更多的经验和启示，下更大力气推动总体人口各方面素质的提升。唯有如此，我们的国家才能永葆不竭的发展动力，永远屹立于世界强国之林。

下篇

我们都在努力奔跑

PART TWO

奔跑，是一种前进的姿态。奔跑，也是一种一往无前的奋斗姿态，一种风雨无阻的精神状态。奔跑，是奔着一个理想、一个梦想而“跑”。奔跑，奔忙，奔波……是因为生活和事业、未来和人生都是有奔头的。有人说，在深圳，人们的平均步速要比在别的城市快一倍。我每次到深圳去，看到的几乎都是行色匆匆的人，都是埋头赶路的人。——奔跑、前进，或许正是这座城市永葆青春活力的秘诀。

前进吧，前海!

2012 年 12 月 7 日，习近平总书记在党的十八大后离京视察，第一站就来到了深圳前海。

站在那块刻有“前海”二字（集自邓小平的题字）的标志性的黄蜡石前，习近平总书记说，在新的发展时期，中央决定设立前海深港现代服务业合作区，目的就是进一步促进粤港、深港合作，推动多方经济上的交流与发展。

习近平总书记对前海寄予了深切期望：如今前海的开发与开放，让我们重新看到了深圳特区初创时的景象，仿佛是一张白纸，一切都从零开始。但也正因为是一张白纸，可以画出最美、最好的图画。习近平总书记说，在开发建设过程中，要充分发挥特区人“敢为天下先”的精神，敢于“吃螃蟹”，落实好国家给予的“比特区还要特”的先行先试政策。既然授权给你们了，就要大胆地往前走！

习近平总书记说，只要坚定不移、持之以恒、艰苦奋斗、开拓创新，前海深港现代服务业合作区就将成为深圳发展的新契机和新的推动力，成为经济特区继续不断创造经验的新起点，成为粤港合作、深港合作的新平台。

2012年的前海，还是一片荒野滩涂，是15平方千米的新填海区域。几年过去了，如今这里已崛起了一座现代化新城。

在前海的前湾区，有一处占地5.8万平方米，黑、白、灰色调的建筑群。从空中俯瞰，这片建筑像是书写在大地上的一个繁体的“梦”字。这里便是“前海深港青年梦工场”。虽然每栋楼只有三层，看起来一点儿也不起眼，但这里却是成百上千深港青年创业的热土，是他们放飞梦想的港湾。

截至2020年11月底，“前海深港青年梦工场”已累计孵化团队468家，包括港澳台地区及国际团队236家、高层次人才团队5家、国家级高新技术企业10家。从团队构成看，国际的、港澳台地区的、内地的各占三分之一；从创业项目看，多属移动互联网、智能硬件、文化创意和科技创新四大领域。梦工场一期开园6年来，超过50%的团队获得天使轮、A轮甚至C轮投融资，总融资额超过23亿元。

作为“特区中的特区”，前海肩负为深圳、为全国改革开放再探新路的重任，同时也肩负服务香港、促进香港繁荣稳定的战略使命。随着我国经济建设的不断发展，内地的发展机会不断增多，香港青年对到内地创业满怀憧憬，纷纷跃跃欲试。毕业于香港科技大学、在深圳成功创业的大疆创新科技有限公司（“大疆”无人机）的创始人汪滔，便是他们的偶像。

前海管理局审时度势，与深圳市青年联合会、香港青年协会联合，三方共同研究并决定在前海创设一个创新创业社区，打造港澳青年内地发展“第一站”和港澳青年创新创业园区范本。

而在深圳，创业者大多是年轻人，大多从小微企业起步。他们需要一个创新、创业的平台。

基于这样的意旨，香港青年建筑设计师何周礼以繁体“梦”字为理念设计了“前海深港青年梦工场”，寓意着在这片土地上将有无数关乎梦想的孕育和创造。

2013年，梦工场动工兴建，主体工程仅用7个月即告竣工。2014年12月7日，习近平总书记视察前海两周年之际，梦工场迎来了盛大的开业仪式。

站在梦工场的广场上，可以看到8栋高度相近的建筑，它们分别是展览及创业服务中心、青年创业园（A、B、C座）、智慧云中心、创新中心、人才驿站、创业学院。

梦工场一期建筑面积2.7万平方米；二期于2019年初开工，紧邻一期，由两栋外观大气时尚、内部灵活多变的建筑组成，总建筑面积1.9万平方米，其中产业空间近1.5万平方米，是在一期基础上的设计升级版。二期项目的设计在规划轴线及建筑逻辑上与一期相承，大胆采用创新、创业梦的元素，采取“同而不和、和而不同”的设计理念。为完善园区配套，梦工场二期还规划了商业空间，建筑面积500多平方米，计划引入香港青年创建的咖啡奶茶、商务简餐、无人商店等业态，以期未来梦工场能在促进粤港澳青少年广泛交往、全面交流、深度交融方面发挥更大作用。

入驻梦工场的创业团体、企业可以在这里酝酿创意，筹谋创业。在苗圃期，运营管理方对创新创业团体不收取任何场租；在孵化和加速阶段，企业可享受租金减免的政策优惠；待到他们“孵化”成功、翅膀够硬后，就会“飞”出去，飞到更广阔的天地。

不仅场租减免，梦工场还为企业提供了政策优惠。梦工场的所有企业均可享受前海及广东自贸区内的所有优惠政策，符合资格的企业，其所得税仅按15%税率征收，境外创业团队的所得税也照此税率执行。梦工场还提供免费的创业服务，从公司注册到上市整个过程中企业可能遇到的问题均可在这里得到“一站式”解决，包括投融资、会计、法律及人力资源等。梦工场还设置了创业投资引导基金等多支基金，更是为创业团队提供了全方位的金融支持。这一切，对于潜在的创新创业团队来说，都非常有吸引力。

如今，梦工场已经形成了功能齐全、独具特色的创新创业“生态圈”。除了现代化的办公室，还有会议室、演讲厅、新闻中心和青年公寓等。不仅工作环境好，生活也便利。在办公楼的楼道里，有自动售卖柜，24小时供应食品，方便加夜班的“夜猫”吃夜宵。梦工场还引进了咖啡厅、快餐店和便利店，配建了健身房、网球场等。入驻团队成员们吃、穿、用、住和娱乐等方面的需求，在500米内就可以解决。

“种好梧桐树，引得凤凰来。”梦工场建成后，吸引来了一批又一批的年轻创客。

总理为听障的他站台

我从未责怪命运，我只想证明聋人与其他人没什么差别。

——邱浩海

2018年3月初的深圳，已然是春意渐浓花枝闹，鹏城无处不飞花。三角梅、杜鹃花、红木棉、黄金钟，各种花渐次绽放，深圳成了花的海洋、花的世界。在明媚的春光里，我走进了深港青年梦工场，来到梦工场事业部何婷婷小姐事先安排的会议室，准备采访一些深港青年创业者。

一位发型时尚的年轻人迎过来，同我握手。

我寒暄道："你好！你好！很高兴见到你！"

然而，对方却"置若罔闻"，跟没听见一样。

这时，旁边一位更年轻的小伙子走过来，告诉我："这是邱总，他是个聋人。"

——龙人？我一时没有反应过来。

待到大家落座，这位年轻人自我介绍：“我叫陈明星，是声活科技文化有限公司的媒体宣传负责人，也是一位手语翻译。我身边这位是我们‘声活’的老总邱浩海先生。”

天哪！直到这时我才真正反应过来，原来邱总是聋人！

我顿时对邱总的经历产生了浓厚的兴趣。

“你是怎么聋的？”

“聋人会说话吗？”

“你上过学吗？”

“你是怎么产生创业想法的？”

“你结婚了吗？”

“你有孩子吗？”

“你同孩子会有冲突吗？”

……

我的问题像泉水一样汩汩地冒出来。

陈明星比画着手语，一一为邱浩海翻译；邱浩海一一解答，陈明星再一一翻译成口语……

一上午的时间，就在我们仨这样一种方式奇特的交流中悄悄溜走。

借助小陈出色的翻译，我弄清了邱浩海的生活和创业经历。

1976 年出生于广东省茂名市信宜市池洞镇的邱浩海，并不是生下来就是聋人。小时候，浩海性格活泼，爱讲话。他父亲是公务员，母亲在银行工作，浩海下面还有一个弟弟，那时一家人生活得美满幸福。浩海 4 岁时，麻疹发作，引发肺炎，未经皮试，他就被注射了链霉素。结果，这一针导致他脑神经中毒，从此再也听不到声音。

浩海的家人不知道科学的复健方法，他耳聋以后，没有人及时训练他说话。渐渐地，他便丧失了说话的能力。如果浩海的家人知道相关的科学知识，也许情况就不会那么糟糕——其实，听障者也可以通过学习和训练而拥有相对正常的说话能力。在声活科技文化有限公司里，就有一名员工因及时接受训练而学会了说话。

小学一年级到四年级，尚存部分听力的邱浩海都在健听人的学校读书。然而，年幼的他，只能孤独地生活在一个安静的世界里。即便身处同一间教室，同学们也不会找浩海说话。他常常一个人在旁边安安静静地看老师在黑板上写的内容，再默默地抄写下来。老师讲得快一点，浩海就听不清，只能看着黑板上的字，课后再“问”老师。一、二、三年级还好，但四年级后，他几乎完全失聪，只能依靠手语与他人交流，他的功课就跟不上了。因此，浩海的父母不得不将他转到特殊教育学校。

1987 年，11 岁的邱浩海在电视上看连续剧《西游记》。看到齐天大圣孙悟空大闹天宫、惩恶扬善、锄强扶弱，他非常兴奋和激动。孙悟空的形象给了他巨大的冲击和力量，也为他后来设计“声活”APP 形象提供了灵感来源。

浩海从小就喜欢画画。上天在给他关闭听觉这扇“窗户”的同时，没有忘记为小浩海打开一扇通往艺术新世界的大门。他有着细腻的感受力和丰富的心灵世界，用手中的画笔创造了一个有着美丽的花草树木、可爱的飞鸟虫鱼的世界，他沉浸在这个充满童趣、想象和欢乐的世界里。

茂名市和临近的阳江市都没有特教学校，浩海不得不远赴广州市启聪学校读中学。这所聋人学校创办于1946年，是一所集学前康复教育、九年义务教育、普通高中与职业技术高中教育于一体的听障类特殊教育学校。在那里，一群听障孩子得以远离大城市的喧嚣，拥有了一座独属于他们的静谧校园。他们在相互交往、游戏和学习中，寻到了无穷的乐趣。

中学毕业后，浩海考上了有着“特教界的清华北大”之誉的长春大学特殊教育学院。在设有面向残障者的特殊教育学院的高等院校中，长春大学、北京联合大学、郑州大学、天津理工大学是最有名的几所。

1999年毕业后，浩海进入佛山的一家设计公司，从事网页设计工作。后来，他又转到深圳的一家公司，担任美术设计和视觉顾问。

在周围都是健听人的公司里工作，邱浩海时常会感到尴尬。

“遇到困难时，请同事指导，他们觉得用纸笔交流麻烦，嫌我不会说话。中途休息时，没人愿意和我说话，我只能偷看着同事们笑说，看着他们分享彼此的乐趣，我常常一个人坐在电脑前，感觉很孤独。”邱浩海说。

小时候看电视剧《西游记》时，邱浩海就觉得孙悟空很帅。后来，国外推出了许多动漫英雄形象，如蜘蛛侠、蝙蝠侠、钢铁侠等，国内却没有一款属于自己的卡通英雄形象。工作后，邱浩海就希望通过自己的努力，设计出一款专属于中国人的卡通形象。

2007年，邱浩海开始利用业余时间学习制作CG动画，金刚猴的形象逐渐浮出水面。“我心中最初的英雄是美猴王孙悟空，所以就以孙悟空为原型设计了一个惩恶锄奸、四处行侠仗义的‘猴子’。”在反复设计并修改了40多次以后，2010年，金刚猴的形象诞生了。

1998年，腾讯成立；2004年，腾讯上市。2003年，淘宝网成立。一个又一个健听人成功创业的故事让邱浩海很激动。他开始追问自己：听障者能否创业?如果说没有一个听障者独立创过业，那么我敢不敢做第一个“吃螃蟹”的人?

渐渐地，他得出了答案：敢！我只是比健听人少了听力，为何不相信自己的能力呢?

邱浩海的网名叫“小虎”。2010年，他辞掉工作，花了大半年的时间，根据自己的经历创作了一部以小虎为主角的励志动画短片《梦想》。在这部动画片里，年轻人小虎自幼热衷于创作和收集玩具模型。有一天，他画出了一个超级猴子，名字就叫“金刚猴”，会七十二变。从此，在摆满各种各样外国超级英雄玩具模型的工作室里，出现了一个备受主人宠爱却屡遭外国超级英雄白眼的金刚猴。小虎付出了种种努力希望可以将金刚猴塑造成一个能深入人心的中国英雄形象。小虎的人生信条是：你可以失败，但不可以放弃。虽然历经百般挫折，但小虎始终都没有放弃对创作动漫的热情和信心。

邱浩海说：“这部动画的创作灵感，其实源于我自身的故事。毕业后我的第一份工作是网页设计，但做CG动画是我的梦想，所以业余时间我会把精力都放在学习动画制作软件上。积累了一些资金后，我选择了辞职，独自在家创作《K.猴侠》这部动画片。经过一年多的反复修改，才确定了现在这个造型。其间，我曾广泛征集亲友们的意见，没想到获得了一致的认可。于是我就打算邀请优秀的朋友加入团队，一起做一部《K.猴侠》系列动画片。朋友们帮我联系了好几个投资人和客户，我向他们介绍CG概念片和剧本的项目计划书，但最终没有一个人愿意投资，这一度让我很沮丧。在这部片子里，我融入了自己的一些经历，但不只是讲我个人的故事，而是希望有更多的人能来关注残障人士，希望我身边的朋友，也希望这些残障人士，能坚持勇敢地追寻自己的梦想。”

动手创作这部动画片之前，邱浩海的想法很简单，就是想做一部自己的动画电影，但对片长、主题等细节都没有确定。为了准备得更充分，他带上相机去外面采风，实地取景，把主要城市的高楼群、新安故城、小街小巷都拍下来。然后开始绘制故事板，等资料收集完毕后就开始确定剧本（情节、角色、场景和制作）。另外，他还制订了进程表，用来提醒自己、约束自己，按照时间顺序完成动画创作。

一名业内人士评价道：一部两小时的3D动画电影，通常需要一个数百人的团队用几年时间来完成；邱浩海制作的短片虽然只有7分多钟，但也任务艰巨。

创作过程中，音乐和配音是听障者心头的痛。动画不能没有声音，邱浩海用文字描写励志的背景音乐，请音乐制作人配合画面来制作声音。“其实听障人士也能听音乐，只不过是靠触觉感受，重要的是感觉。”邱浩海戴上耳机，触摸着小音箱，从头到尾一遍遍看动画，感受音乐节奏的震动。

2012年，在“土豆映像”节中，《梦想》动画短片在15000部参赛作品中脱颖而出，进入TOP200名单；同年，该片入围第三届香港国际聋人电影节参选影片；在台北国际短片电影节上，该片又入围全球华人“非常短片”创意大赛微动漫类奖百强。当年12月底，邱浩海应邀前往台湾地区参加大赛颁奖首映会，面对来自影视、传媒、网络等领域的嘉宾，他却没机会作自我介绍，“我后悔没有请专业的手语翻译者一起去台北，错过了这个大好机会”。看着其他人互相递名片作自我介绍、谈笑风生，邱浩海却只能拿出纸笔，与别人费力地交流。大赛组委会执行长曹先安得知邱浩海的身份，向他竖起了大拇指：“你是唯一一位成功入围的听障人士，不容易！”

《梦想》的成功给了邱浩海极大的鼓励。就在这一年，邱浩海拉上与自己相识10年的听障伙伴韦创军一起创业。当时，韦创军是深圳市环球数码科技有限公司的高级渲染师，邱浩海也已是圈内知名的高级动画设计师、多家公司的视觉顾问。邱浩海创业的想法遭到家人的一致反对。他们认为，创业风险太大，此前从未听说重度听障者创业的事例，更何况浩海本来拥有一份收入十分可观的好工作，放弃这份工作去创业太不明智。

可越是别人没做过的，邱浩海就越是想去尝试，他要让大家知道：正常人可以做到的事情，聋人也可以做到。

2012 年，邱浩海和韦创军拿出自己几乎所有的积蓄，开始创业。创业之初，邱浩海还是从事他的老本行——设计。他设计了一组可爱的金刚猴公仔，它们分别用不同的手语表达“谢谢”“我爱你”“拥抱”等意思。

然而，无论是之前在公司从事设计工作时，还是之后在自己创业的经历中，邱浩海和韦创军都感到一种深深的无奈：听障者平常只能用手语与外界进行沟通和交流，实在太困难了。有没有一种技术能解决听障者和外界沟通困难的问题，让听障人群能与健听人群无障碍地沟通，而不是被迫疏离于主流社会、只生活在自己的小圈子里呢？

2013 年底，邱浩海带着自己设计的金刚猴公仔的各种形象，和韦创军参加了深圳市南山区举办的“创业之星”比赛。

上台比赛之前，看到场上选手对答如流、和评委谈笑风生的情景，邱浩海的手心捏出了一把汗。他感觉全场就只有自己是个“异类”。但是他知道，这是个极其宝贵的展示自己创业项目的机会，因此，轮到他上台时，他借助一旁的手语翻译义工替他解说，努力表达自己想要打造金刚猴玩偶系列的愿望。

在场的评委们对聋人创业大感意外、好奇，也深为感动。

邱浩海感受到了台下评委和观众们善意的笑容与热烈的掌声。他觉得，这一天是他最受肯定、最引以为傲的一天。最终，他得到了“年度自强不息奖”。

在场的许多投资人都觉得邱浩海的项目不错，而且他的经历很励志，但从商业的角度来看，这个项目不一定有市场，所以当场没有投资人表示出投资意向，只能给邱浩海以精神上的鼓励。

这时，台下的一位评委挺身而出，向邱浩海伸来了“橄榄枝”。

他就是草根天使会会长、知名投资人陈维伟。陈维伟之前从事文化产业，他觉得能够帮助残障者创业，这本身就是一种情怀。于是，他当场表示：“这个项目我投了，不管它赚不赚钱，我都投！”

2014年，他们迅速组建了一个不到20人的创业团队，其中，创始人邱浩海、韦创军和一名软件测试员都是听障者。在核心成员都是听障者的情况下，沟通成了摆在他们面前的第一大难题。

邱浩海的童年观剧印象让他执着于创造一个属于中国的英雄形象，希望打造一个像日本熊本熊、韩国可妮兔一样的本土特色IP，并开一家金刚猴周边产品专卖店。而投资过动漫和影视公司的陈维伟则认为，单独的一个动漫形象并不能吸引人，他们必须首先为金刚猴这样一个IP寻找载体。于是，他把目光投向了互联网。

一个健听人、一个听障人，一个专注IP、一个面向互联网，在长达半年的沟通与磨合中，无声的“争吵”时常发生。邱浩海有时甚至不愿意打手语，而宁愿保持沉默；陈维伟也不愿意每次面对面进行一笔一画的纸上沟通。大家都在想：有什么办法可以方便彼此沟通呢？由此，帮助听障者之间、听障者与健听人之间沟通的“声活”APP的概念应运而生。

邱浩海和韦创军都是学动漫设计的，很多想法都能达成一致。而且他们都是听障者，面临着同样的难以融入社会的问题。据统计，目前全世界有近3.6亿听障患者。其中，中国的人数最多，高达3000万人，而听障者影响波及的人员更是达上亿人之多。

“作为一名听障者，我在生活中常常会碰到很多常人不会遇到的问题，其中一个就是没有一款便于听障者使用的社交平台。听障者也渴望贴近健听人群并融入社会，但目前国内还没有一个这样的社交APP。所以我们希望为听障群体搭建一个他们自己的生态圈，改善听障人群的沟通和社交境况，让他们活出自己的‘声音’，让聋人和健康人更好地交流与融合。”邱浩海说。“声活”的名称正是由此而来。

2015年初，邱浩海他们开始聘用专业的外包技术团队设计、打造“声活”APP1.0版本。该技术团队本身也是创业公司，以取得15%的“声活”股份作为其参与设计这款产品的酬劳。但当邱浩海他们准备拿这个APP赴北京参加《创业英雄汇》节目录制时，却惨遭外包技术公司抛弃。《创业英雄汇》是中央电视台开设的一档创投类栏目，参加这个栏目是一个极好的宣传推介机会。由于外包技术公司变了卦，迫不得已，陈维伟用自己在该技术公司估值200万元的2%的股权，换回了还在创业萌芽期的“声活”15%的股权和一份简陋的“声活”APP小样，成为深圳声活科技文化有限公司的联合创始人。

后来，“声活”团队在《创业英雄汇》上完美展示了自己的项目，拿到了360万元天使轮投资。

这个节目让邱浩海逐渐走进公众视野，越来越多的媒体前来采访他。大多数媒体都希望能挖掘到听障人创业背后的艰辛，用煽情的故事和泪水引发观众的共鸣。他们一直追问邱浩海：你在创业过程中遇到过什么特别大的困难？有没有想要放弃的时刻？

这些问题都被邱浩海轻轻地挡了回去：“我不想太多地讲述艰辛，也没什么想要放弃的时刻。我相信，一直坚持下去，总会有成功的一天。”

在资金扶持和专业辅导下，“声活”公司逐步走上正轨。2016年9月，在第五届中国公益慈善项目交流展示会期间，“声活”APP正式宣布上线。

打开“声活”APP界面，首页就是线上语音实时翻译功能，无论是语音转文字，还是文字转语音，都非常便捷，准确率高达80%。另外，“声活”APP还专门为听障者提供时事资讯、励志故事、线下相关活动的开展及报名等资讯，以丰富他们的社交与日常生活，增强APP产品的社交黏性。

在“声活”APP中，听障者可以使用手语翻译预约服务。“声活”APP还推出了听障用品售卖和招聘功能等板块，帮助听障人群在就业、就医、法务、商业交流等场景中实现顺畅沟通与交流。

“声活”团队选择了前海梦工场这片创业沃土来孵化项目，这个聋人创业项目也获得了深圳市南山区政府的大力支持。

2016年，经层层筛选，“声活”出现在了全国大众创业万众创新活动周（简称“双创周”）的舞台上。

10月12日下午3点40分左右，“双创周”深圳主会场熙熙攘攘。这次全国“双创周”以“发展新经济、培育新动能”为主题，在展览区域超过1.6万平方米的主会场深圳湾创业广场举行，共分为双创蓬勃发展、新技术、新产品、新业态、新模式、创新引领未来六个主题展区，云集了涵盖领域广泛的289家参展单位，展品达1200余件。

邱浩海站在自家面积只有两三平方米的小小展位前，什么也听不见。但他知道，有一位很重要的人要来了。在两米远的对面摊位上，隔着一条过道，挤满了人，是李克强总理来了。

于是，邱浩海与陈维伟也一同往人群里钻，一路高举着手上的牌子。

“请支持听障者创业。这个牌子是我以您为动漫原型设计的，希望您能支持我们，让更多听障者活出自己的声音。”邱浩海用手比画着，激动而安静。他知道总理看到了自己，因为陈维伟的嘴唇在动，他们被允许接近了。

“总理，我这里有个聋人创业项目。”陈维伟喊道。

李克强总理回过头，转身走到“声活”的展台前。

听完陈维伟的介绍后，总理亲切地询问，现在有没有很多生产听障者用品的厂家，生产这些聋人用品帮助他们能够听到？

陈维伟回答："这个我们也在关注，而且在我们的展位上，就有不少这样的合作厂家。"

在听到肯定的答复后，总理勉励邱浩海和陈维伟：现在有很多的技术、助听器材，能够帮助听障者与外界沟通，你们团队要继续加油！

在交谈过程中，总理一直面带笑容，语调亲切，并对手语翻译表现出浓厚的兴趣。

为此，陈维伟特别向李克强总理介绍了"我爱你"的国际通用手语手势，一旁的邱浩海为总理做了示范，总理随即微笑着打出了同一手势。边上的记者赶紧抓拍下这个令人感动的瞬间。

接着，总理应邀在他们设计的卡通画像上签下了名字："李克强，10月12日。"

李克强总理的肯定与鼓励令邱浩海和陈维伟感到无比振奋。邱浩海知道，自己做到了，在全国三千万的听障者中，只有他成功地与总理相互用手语表达"爱"。

在"双创周"展会现场，邱浩海向访客示范如何使用"声活"APP。这些访客大多是好奇地张望着金刚猴玩偶的听障小孩。一位可以勉强发声的小男孩，勇敢尝试了语言识别功能，对着手机略微吃力地讲话。看着屏幕上语音转换的文字，他觉得新奇有趣，羞涩地笑了，一边打着手语，与小伙伴交流着感受。周围的小伙伴也好奇地探过头，看看屏幕上显示的是什么。在喧闹的会场中，他们安静地交流着，不时咧嘴无声地笑。

用"声活"APP，健听者只需通过手语表情包，便可学习各种手语表达，甚至可以通过手语打出26个英文字母，与外国人进行交流。通过这样的方式，“声活”APP能让健听者了解听障者的世界。而对于听障者而言，“声活”APP犹如一位贴身手语翻译。大多数听障者只能通过手语同外界沟通，但懂手语的健听者寥寥无几，“声活”能够通过语音翻译，实现听障者与健听者之间的无障碍沟通交流。现在，“声活”APP正逐渐覆盖医院、商务、学校等基本场景，帮助听障者实现这些场景下的社交需求。

比起市场上的竞争产品，“声活”最大的优势是核心研发人员基本都是听障者，相较于其他团队只能通过收集意见了解听障人群的需求和感受，“声活”团队在贴近用户、挖掘用户需求方面拥有天然的优势。

在研发过程中，邱浩海发现，为听障人群设计专门的手语表情是一件很有意义的事。健听者在网络聊天中，表情更多起点缀、娱乐的作用，并非必备功能。但邱浩海意识到，手语表情更贴合听障人群的使用习惯，让他们备感亲切。

现在，以金刚猴形象设计的静态手语表情已经上线，邱浩海和团队正在紧锣密鼓地设计以真人为原形的动态手语表情。

邱浩海的梦想是，不只是将“声活”做成一个单纯的语音翻译软件，而是要借此帮助更多听障者走出封闭的世界，活出“声音”、活出精彩来。“声活”团队正陆续开发手语学习课堂、读书角、听障者求职信息发布等功能板块，希望打造一个听障人士的社区互动平台。

在“双创周”开幕式当天的中外创客领袖峰会上，李克强总理表示，我们把创新创业和大众结合起来……实际上是尊重每个人的智慧和尊严，让他们都能发挥自己的特长和优势。

面对记者采访，邱浩海一再说：“我们不要同情，我们要盈利。”所以他拒绝被塑造成一个悲情的创业者。

陈维伟也对媒体坦言：“在我投资的30多个创业项目中，‘声活’是最让我操心的项目。”同时他又坚定地表示：“这个项目不需要成为‘独角兽’，我需要的是听障人群逐步受到启发、影响，融入社会。残障者创业的不多，而且大部分残障者的创业项目都是纯公益项目，比如做一个NGO（非政府组织），通过捐款做很多爱心活动，但是生存很艰难。在我看来，残障者创业未来是一片蓝海，我也呼吁其他投资人关注这片蓝海。让有爱的项目做大做强，自我造血。”

在团队的努力下，“声活”团队不断获得各类荣誉奖项，社会知名度与影响力迅速提升，“声活”也成为“大爱深圳”2016年度十大关键词之一。2018年4月，“声活”团队受中国残联邀请，参加“国家通用手语和通用盲文方案推广研讨会”，这是当时唯一一家代表企业出席的团队。声活科技公司还被评为广东省聋人协会手语信息收集工作先进单位。

如今，越来越多的单位和机构找上门来，要同邱浩海合作。声活科技公司的盈利模式除了在线APP服务外，更注重将线上与线下服务结合，开拓新的创收路径。譬如，2017年底，邱浩海他们决定，在“声活”APP上开设手语课堂，并面向社会提供手语翻译服务。他们还每年协助深圳市残联办手语培训，2017年举办了十场培训，净收入十几万元。这十场培训中，有三场是面对残联工作者的，另外七场则是面向社会大众的。他们还为深圳地铁集团、各种社工协会、康复机构、手语翻译中心、儿童等细分人群举办各式各样的手语培训，这样便可辐射到N＋1个受众，同时也为“声活”增加了收入。

2018年7月，国家通用手语发布实施，这是改革开放四十年来，国家语委首次将手语规范纳入语言文字规范标准范畴。今后，“声活”团队将致力于向大众普及手语文化，应国家残联号召，联合多家公益企业举办各种形式的手语培训活动，也会在活动中融入金刚猴元素，代言听障群体“公益手语大使”，具体、细致、有形地传播手语。

针对听障群体的需求及渴望，“声活”团队还将联手研发团队，开发聋人智能设备，让更多听障者享受到科技的便利，有效解决沟通问题。

邱浩海的爱人也是一位听障者。1992年，在念初三时，浩海发现自己喜欢上了班上的一个女生。这个名叫黄少东的女生不仅长得好看，而且待人热情，喜欢笑，特别惹人注意。

黄少东1976年出生于汕头，从小药物性致聋。她和邱浩海一样，也是听力残疾一级，但是她很顽强乐观、刻苦好学，给浩海留下了很好的印象。

两人很自然地开始了甜蜜的交往。两小无猜、青梅竹马式的无声的爱情就像一个长长的、美好的童话。他们都喜欢画画，都报了美术班，又都考上了大学。

毕业后，黄少东在深圳机场找到了一份不错的工作。

“她的父母开始时不同意我们交往，说我没有房子也没有好工作。我就拿笔同他们交流。我说我非常喜欢少东，我保证会好好照顾她，并且让她幸福。”浩海用手语告诉我。

少东的父母看到浩海这个年轻人对感情矢志不渝的追求，也看到他毕业后勤勤恳恳地工作，渐渐地接纳了这个忠厚能干的英俊小伙。

1999 年两人走进了婚姻的殿堂，2001 年生下了一个男孩。孩子是个健听者，平时交给邱浩海的妈妈照顾。孩子从小看着父母家人用手语交流，慢慢也学会了手语。

儿子也有过不理解父母的时候和青春叛逆期。每次学校开家长会，他都坚决不让父母去参加。问他为什么不让父母参加家长会，他回答：“因为班里的同学都在议论，为何我的爸妈不会说话，只会一个劲地用手比画？”

等到儿子长大一些，他就开始理解父母了。他知道，自己的爸妈都是听障者，只能通过手语来交流。从此，他不再排斥让父母参加家长会了。

如今，儿子已念高三，身体强健，性格开朗，也懂得体贴父母，学习成绩也不错。这些，都让邱浩海感到特别的欣慰。

妻子黄少东也很出色。2016 年，她辞掉工作，加入了“声活”团队，担任手语顾问兼行政总监。2011 年起，中国残联开始在全国范围内进行统一手语、规范通用手语的工作，黄少东受聘担任广东省手语采集小组组长。

在春天的一个下午，我走进了前海梦工场的声活科技公司。我发现了一个有意思的状况：一两百平方米的大厅里，摆满了分隔式办公桌。每个人都在电脑前忙碌着，但却听不到什么声响。那里非常安静，没有人声嘈杂，仿佛一根针掉到地上都能听到声音。在那一瞬间，我甚至怀疑自己丧失了听力。

手语翻译陈明星迎上来，热情地介绍：公司团队现有13人，5个是听障者，首席设计师也是一位听障者。

在一个沉静的世界里，听障创业者会处于劣势。但在这个喧闹的世界里，邱浩海他们反而有天然的优势，能更加专注于产品和设计，这一点是很多创业者做不到的。

我见到了热情大方的黄少东，红润的脸庞，微微上翘的嘴角抿着笑容，果然是夫唱妇随、琴瑟和谐的一对。在他们夫妇身上，我一点儿也看不到岁月的艰辛与磨难留下的痕迹。他们是那样的健康俊朗，激情洋溢，对未来充满了希望和信心。

各种荣誉不断地向他们涌来。短短几年间，声活科技公司获得的荣誉就有几十项。邱浩海本人也获得了“2016年度中国残疾人十大新闻人物”“2019年第六次全国自强模范”等荣誉。

和听障人一起创业是一种什么样的体验，陈明星最有发言权了。这个二十岁出头的小伙子，2014年开始就在声活科技公司实习，现在对外负责品牌宣传，对内则是手语翻译。

陈明星，1996年出生于深圳，祖籍广东河源市，客家人，他不是独生子女，上面还有一个姐姐。当年，父母跟随改革开放的脚步到深圳发展，陈明星属于“深二代”。陈明星的父亲从事建筑行业，在业内做得风生水起，人脉很广，他很希望明星能子承父业。

中学毕业时，遵照父亲的建议，陈明星报考了深圳职业技术学院建筑学专业。

大学期间，一件偶然的小事改变了陈明星的人生方向。有一次过马路时，陈明星看到几个听障者隔着马路正在不停地相互比画手势“喊话”。那一刻，他感觉这幅情境非常像古代大侠传音授密，双方不用张口，只需通过手势就能把意思传达清楚。这，实在是太神奇了！

陈明星后来知道，那些人实际上是在用手语进行交流。他想：手语也算是一门语言吧。掌握一门语言，就是掌握一项技能，每个人都要尽量掌握一两门语言。全国学习英语的人太多了，每年单是通过英语能力四六级考试的人，起码有几百万人。而且，即便通过了四六级考试，绝大多数人还是处于只会阅读英语，听、说、写能力不行的状态。因此，明星心里琢磨：相较于学会英语，学会手语可能是一项更有用的技能。

于是，他开始上网查，自己学，不断地比画，并且找各种机会接触听障者，同他们用手语交流。

那时陈明星已经有了女朋友。当得知他在自学手语时，女友感到特别诧异，不理解他为什么要学这个，难道将来要从事这方面的工作吗？

陈明星就跟女友解释说：听障者在参与社会生活时，特别需要手语翻译的协助。比如，去医院就医，医生给每位病人看病通常只有短短几分钟，他不可能等着一点点地琢磨清楚听障者用手势比画“说明”的病情。虽然有的听障者看得懂唇语，但是医生通常都戴着口罩，这样听障者就无法看到医生的嘴唇。听障者在听力上的残疾，从外表根本看不出来，因此他们特别容易被社会忽略，人们也不会特别关照他们。但是，他们在出行、就医、商务谈判和法律事务沟通交流等各个方面都会遇到莫大的障碍和诸多困难。譬如，涉及违法犯罪调查时，他们无法自辩，容易遭到误解。在就医方面，如果有人能陪同他们，提前了解其病情，就能帮助其得到更好的医治。

陈明星的女友是一名医护工作者，极富同情心。听了陈明星这一番话后，她表示认同与支持。既然男友是出于爱心去学习手语，那就让他好好学吧！

经过三年的刻苦自学，陈明星逐渐掌握了手语。

读大二时，陈明星在参加一次志愿活动的过程中，结识了邱浩海的朋友。

2014 年 10 月，读大三的陈明星正在找实习的单位。这时，他在学校的手语角遇见了邱浩海，邱浩海说：“我们在创业，你愿不愿意过来试试?”

陈明星答应了。

大学毕业时，陈明星打算到邱浩海的公司任职，负责对外宣传和手语翻译。

这遭到了家人强烈的反对。父亲说：你大学学的是建筑专业，我一直希望你来接我的班。你怎么能放弃自己的专业，去同一群残疾人共事？

明星极力辩解。他想让家人明白，自己热爱这份职业，它让自己找到了自身的价值。

最终，父母妥协了。自2016年起，陈明星正式加入“声活”团队。

和陈明星一起工作的3个同事听力都没有问题，其中一个女生也懂手语。大多数时候，只有他和这个女生、邱浩海、韦创军待在办公室。

有时候，他们能一整天都不开口说话，只通过手语交流。“有时候，实在太安静了，我就故意找几句话同那个女生说。”陈明星笑着说。

邱浩海常常是闷着头做设计，听力的缺失帮他过滤掉很多外界的打扰。他可以一连十几个小时都在做设计，有时看到陈明星打手语，也不愿意把头从电脑前面移开，一直到陈明星把手伸到他面前使劲晃，才恋恋不舍地抬头。

陈明星告诉我：要将手语转换成文字或声音，还面临着诸多困难。比如，手语可以分为肢体语言（展示语言）、自然手语和文法手语。自然手语是听障者自然而然用手势打出来的；文法手语则是健听者与听障者一起参与，根据一定的规则编写出来的。在国际上，各国手语都不统一；而在中国，手语还存在着南、北“方言”。

他说，手语翻译也考级，专职翻译一般都能达到三、四、五级。在手语这个领域，还有许许多多的事情可以做。

如今，陈明星忙碌得很。几乎天天都有记者、像我这样的作家和社会各界人士到声活科技公司来参观学习，邱浩海的社会交往也比较多。陈明星一面要负责好公司的宣传推介和媒体运营，一面还要充当全天候的手语翻译。

在业余时间，他还会去做一些志愿服务，担任手语教师等，每天都忙得不亦乐乎！

天上飞“大疆”，水下游CCROV

和陈明星一样，微孚智能信息科技有限公司（以下简称微孚智能）的联合创始人李超也是一个二十多岁的小伙子。略瘦的身材，穿着不起眼的T恤，一头短发，戴着一副窄边的黑框眼镜，眼镜后的双眼闪烁着光彩。

李超，大学就读于电子科技大学，专业是电磁场与微波技术。大学期间，他多次尝试过自己创业，也有过科研经历。读大三时，李超曾经到深圳的一家企业实习，对深圳这座年轻城市的生机与活力印象深刻，那时，他就下定决心，将来要到深圳工作。

大学毕业前夕，各方面都很优秀的李超获得了保送研究生的宝贵名额。但是，出乎大家意料的是，他放弃了这个保送名额。他认为，与继续读书相比较，他更愿意到社会上去学习。在创新创业发展的大潮之下，他想早一点发挥自己的能量。通过校园招聘，李超入职了位于南山科技园区的TP-LINK（普联技术有限公司），任系统工程师，来到深圳就业。

TP-LINK是全球领先的网络通信设备供应商。在这家高科技公司工作期间，李超成功地主导多个消费电子产品的开发。

这段工作经历，使李超在消费电子产品技术、项目开发流程、供应链等方面都积累了丰富的经验。后来，这些经验都被他应用于创业实践。

2014年，大众创业、万众创新的浪潮席卷全国。刚刚在TP-LINK任职不到两年的李超，也按捺不住创办一家企业的冲动，他毅然辞职，寻找创业的机会。

这时，他通过互联网偶然认识了两位还在西安西北工业大学读书的学生：何伟和张政。

虽然只是素未谋面的网友，但他们都在谋划创业，志同道合，迅速成为合作伙伴。

2015年2月，李超在深圳前海注册了一家公司——微孚智能信息科技有限公司。何伟和张政陆续从西安赶过来。

最初，他们三个人挤住在李超租的一套一居室房子里。那时，前海配套生活设施尚未完备，李超他们住的地方比较远，几乎每天都要加班到很晚，经常错过末班车，不得不跑步40分钟回家。

为了向我说明清楚公司的主打产品，李超这样介绍道：这是一台“水下无人机”。

什么？这个盒子形状的东西是无人机？

这不是蒙我吗？我心想。

我不由得仔细打量起这台被称为CCROV的产品。长方体形状，上下两道黄色的盖子，夹住中间一道宽宽的黑色层。如果说这是一台大号的照相机，那么我还更相信一些，但是，这个年轻人竟然说它是无人机?

李超看出了我的疑惑，解释道：我们这台机器可以像无人机一样，在水下“飞行”和悬停、拍照。如果说“大疆”做的是空中无人机的话，我们做的就是适合水下工作的无人机。

听着他的介绍，我瞪大近视眼，仔细端详。哦，中间这道黑色层大有机关：其正中央有一个圆形的取景镜头，就是这台机器的“眼睛”。“眼睛”两侧有两个圆形的漏孔，里面分别安装了一个小小的涡轮螺旋桨推进器。整台机器一共安装了六个涡轮螺旋桨，其中四个为水平推进器，两个为垂直推进器。这些螺旋桨可以让这台机器在水下自由游走，保持悬停状态。一根接到机器上的电缆为之提供电源。电缆的另一端盘缠在岸上的基座上。李超他们对于这台机器的科学定义是：便携式、易操作的4K水下摄像机器人。

微孚智能之所以选择深圳梦工场，目的在于Build your dreams here!——在此筑梦！在此梦想成真，孵化出一家独角兽公司！公司旨在打造世界一流智能产品，成为世界顶级的提供智能机器人与无人机产品解决方案的国际化企业。

刚成立不久，微孚智能就获得了50万元的种子轮融资，之后陆续又获得了累计超过千万元的融资。李超清楚地记得，当他们拿第一代水下机器人样机给投资人演示的时候，因为怕漏水，还专门给机器人包上了纸尿裤。这个产品先后更新了好几个版本。研发过程中，他们遭遇了很多“至暗时刻”，感觉几乎已“山穷水尽”，但是，每次李超他们都在心里默念：“这（研发过程中遇到的难题）一定可以攻克！”——经过刻苦攻关，一个个的难题最终都被他们破解了。

2016年8月，他们研发推出CCROV Ⅰ；2017年，他们的产品开始大批量产。

CCROV Ⅰ是他们实现梦想的重要一步，被誉为“世界上第一款具备4K摄像机的水下无人机”。

4K摄像机拍摄的画面细腻度，是高清电视的4倍以上，拍摄出的视频，画质精细。这台机器人可以实现水下100米以上的深度作业。如果要将其固定在水中某个位置，CCROV能用前进/后退、上浮/下潜、向左/向右、偏向/滚动等动作，让无人机稳定在1立方米的空间中。CCROV在传统水下机器人4个推进器的基础上，再增加了2个。6个推进器中，4个负责水平方向的控制，2个负责垂直方向的上下。这6个推进器可以指挥机器上下左右腾挪闪跳，随意移动。推进器相互作用，使得CCROV在水底具备了优于一般水底无人机的超灵活性，最快速度可达1.5米每秒。它甚至还能在海底自动跟踪主体拍摄。

想要操控其在海底运动，则需要用上配套的手柄控制器，再配上专用的手机APP。操控者可以像玩遥控飞机一样，一边自如操作，一边在显示屏上观赏清晰的海底世界。

CCROV在水下传图距离可达100米，实时显示大致延迟200毫秒，几乎做到了实时同步传图。

如果佩戴上FPV或VR的头戴式视图器，操作者就可以身临其境地探索海底世界了。

CCROV下水前，需要连上无人机专配的系绳基座。缆绳长度可调节，能从20米浅水一直拍摄到100米的海底深处。

CCROV便于携带——无人机和控制手柄，再加上系绳基座，整套装置都能在一只背包中装下。CCROV内外材料均遵循严格的制造标准和生产程序，经历了大量的抗水压等测试，质量上乘。其内置的电子元件都放置在铝合金密封的隔层中，具有超耐压性能，即使在海底100米深处，也能安然无恙。CCROV的舱室内采用了军用级复合泡沫材料，能有效避免海水对机体的腐蚀。

CCROV缆绳投放和回收便捷。操作者只需站在岸上，手握手机或其他显示屏实时观察和下达指令“指挥”即可。这样一台机器人在水下所能完成的工作，相当于一架无人机在空中所完成的工作。因此，有网友编了一句顺口溜：天上飞“大疆”，水下游CCROV！

CCROV的用途相当广泛：可以用于水下查勘船底状况，因此可以缉获利用船底走私的货品；可以应用于水电站水库，查看水下垃圾、水底沉积物等；同时，还可以进行水下摄像、观测，譬如蛙人在水下的精彩表演等，都可以借助CCROV得到完美的记录和呈现。而携带上传感器后，CCROV还可以进行水质检测，甚至可以进行水下考古。

看来，还真不能小看了这台并不起眼的机器。它确实是名副其实的水下无人机、水下机器人。据说，聘用一名潜水员水下作业一天（按照4小时计算），要支付其2万元人民币。而这台可以替代潜水员大部分工作的机器，市场售价为3000多美元，约合2万元人民币，也就是潜水员一天的报酬！

CCROV的I代产品在2016年研发上市之后，即因其小巧的外形和强大的功能，获得了业内的高度关注和广泛好评。短短几年时间，产品已销往全球40多个国家和地区，拥有100多个合作伙伴。随着人们对海洋探索的兴趣愈发强烈，对于水下机器人各方面的性能要求也在不断提高。微孚智能经过长时间的市场调研，综合I代客户使用过程中提出的可行性建议，着手研发Ⅱ代升级版。2018年7月，初步敲定了Ⅱ代的设想。中间经历数十次的讨论、修改和测试，2019年，"抗流王"CCROV-2成功推出。

与I代产品相比，Ⅱ代的性能更加完善，可以满足不同专业人群的使用需要。能够下潜到100米深的水下进行多种类型的视频和图像传输，还能作为监测装备，用于水文产业和基础设施等日常检查，同时也适用于潜水、打捞、航行等海洋活动。更偏专业级的功能设计，使得CCROV-2在保留Ⅰ代产品优势的前提下，大大增强了自身的抗流稳定性。

2019年10月15—17日，微孚智能携带有"抗流王"美誉的CCROV-2参加在深圳举行的2019年度中国海洋经济博览会，受到中外客商的普遍青睐。

谈起微孚智能的发展历程，联合创始人张政有一个到位而形象的总结：创业者必须连续占对坑，才能够成功！

2015年初，微孚智能的团队——以何伟、张政、李超为首的一批年轻人来到了深圳。

当时，无人机航拍市场发展得如火如荼。最多的时候，全深圳大概有700家无人机厂商。何伟他们也摩拳擦掌，开始进军无人机市场。然而，“资金不雄厚，经验不充足，研发团队不够强大，只有一点小创新，很难实现市场上的大突破。再加上生产和市场营销进展困难，所以即使样机做出来了，也只能被迫放弃这个红海市场。”张政在回顾这段失败的创业经历时这样说。

这时，逆向思维成就了他们。

有一个经典的掘金故事是这样的：19世纪，美国西部掀起了淘金热，人们蜂拥前去淘金。这时，有个人发现去淘金的许多人都没带铲子，于是他就卖起了铲子。淘金容易磨破裤子，有个小伙子就卖起了牛仔裤。淘金热结束后，不少人没挖到多少金子，而那两个卖铲子、卖牛仔裤的小伙子却赚了不少钱。这个故事启发了微孚智能团队。他们发现，无人机包括飞控、电调、云台、相机和图传等核心部件，其中图传少有开源解决方案，门槛又高，导致小的团队做不了，大的团队不愿意做。于是，他们决定：专注于高清图像传输系统模块。

这可是他们的拿手好戏。他们读大学时参加了很多机器人比赛，对图像、视觉、无线传输等都很熟悉，因此上手很快，别人一般只能做720P或者1080P的图像传输，而他们竟一下子提升到了4K，也就是1080P的4倍！

到2018年，他们的高清图传模块已有数十家无人机客户、

1000多万元的订单。

图传为微孚智能掘到了第一桶金。但他们的初心是做To C（即面向终端用户），只是迫于无奈做了To B（即面向企业）——无人机产商的供应商。尽管做得不错而且很有市场，但团队还是想做回智能机器人这一块业务。

新的问题出现了。那时，比较热门的是做教育机器人，公司掌门人何伟也是这样打算的。但是，反对的声音也很强烈，他们建议向新的领域——水下机器人进军。如果说做教育机器人是一条阳光大道的话，那么做水下机器人就是一条羊肠小路。

究竟选择哪一条路？这，是一个问题。

教育机器人市场较大，微孚智能又有图像和视觉的技术优势，同时还有在深圳的校友和生产商等各种资源，做这一块似乎是顺理成章的事情。然而，同为公司创始人的张政却一直都支持水下机器人项目，以至于教育机器人项目都要立项上马了，争论仍在持续。

大家回忆起前一年做无人机的失败经历，心中的痛点还在。创业，创业，贵在创新，贵在敢于“吃螃蟹”，而不是跟风追随！

微孚智能团队冷静下来，对机器人市场进行细致的分析和探讨。逐渐达成共识：教育机器人领域已是红海一片，恐怕难有作为，而水下机器人项目面临的却是一片浩瀚的深蓝大海！

就这样，公司决策来了一个一百八十度大转弯：BACK TO SEA！——回到海洋！向水下进军！

经过八个月的研发，三次迭代，在2016年8月北京新品发布会上，CCROV横空出世，令人惊艳！

但是，如何推销这款“杰作”，成为摆在微孚智能团队面前的又一大难题。

是在中国亿万人群中去推广，还是积极打入欧美市场？公司决策层犹豫不决。

大家再一次冷静地坐到桌前，开始进行细致的市场分析。他们发现，水下机器人的客户主要来自潜水、帆船和航海爱好者。中国人口绝对数量大，但目标人群比例小，推广成本高；国外特别是欧美市场人口基数不大，但目标人群相对数量多，推广成本较低。而几个月来，创业团队通过在Indiegogo上的众筹，参加美国CES、德国IFA消费类电子展等机会，一方面扩大了微孚智能的营销渠道和知名度，另一方面也提前迈进了国外市场。

这一步，微孚智能又走对了！

CCROV这款水下机器人产品研制成功后，得到了1000万元的风投资金，实现量产并推向市场。由于其价格低廉、简单实用，更由于其在技术方面的领先和应用范围的广泛，当年便成功打入欧美和阿联酋等国市场，产值超过1000万元人民币。

目前，CCROV的用户主要为国际用户。因此，微孚智能公司的网站主要为英文版，中文版反而更为简略。

“你们这样一家原先名不见经传的公司，如何能把自己的产品销往全球各地呢？”我好奇地询问。

李超回答：“我们主要通过网上联系和销售，同时也借助各种展览、展会来推销。”

以何伟为队长的微孚智能团队，一共只有20多人，开始创业时的核心成员只有4个人。从创业伊始，微孚智能对自身就有一个明确的定位：一家以市场为导向、以技术为核心的公司，致力于做一家专业的、无人机和智能机器人图像视觉解决方案的研发与制造商，同时也是国内外无人系统设备方案提供商。团队成员由来自TP-link、华为等国内顶尖智能硬件公司富有经验的从业者，以及来自西北工大、电子科大、国防科大、中山大学等一流大学的专业技术人才组成，他们在智能机器人与无人机方面有多年的积累，对科技和创新充满探索热情。微孚智能成功研究了行业领先的高清图像传输系统，一直专注于研究和销售机器人。CCROV这款水下机器人，其性能已达同领域的顶级水平。

公司发起者、CEO何伟当年还是个不到30岁的小伙子。何伟1989年10月出生于湖南，毕业于西北工业大学飞行器设计专业，拥有8年机器人研发经历，多次获得国家奖学金、工业和信息化部特等奖学金，8次获得国家级科技竞赛奖励。2017年，何伟入选2017福布斯中国“30位30岁以下精英榜”名单，这个榜单一共涉及20个领域共计600位30岁及以下的精英。2018年，28岁的李超也入选了2018福布斯中国“30位30岁以下精英”榜单。

在微孚智能公司，研发团队人数占全部员工数的70%以上，其中有负责产品研发的，也有负责供电和项目管理等的各种技术专才。

李超告诉我，公司的小伙伴们都很拼，为了把工作做得更好，经常加班加点，主动牺牲休息时间，有的甚至吃住都在梦工场里面，几乎没有上下班时间一说。

就是这一群平均年龄不到30岁的年轻人，没日没夜地苦干加巧干，在创业不到两年时间里，就成功做到了公司财务盈亏平衡；单凭一件拥有自主产权技术的产品，就把生意做到了世界各地。

这，不能不令人惊叹！

我们都是有情怀的人

如果说微乎智能是一个中国本土毕业大学生的“高大上”开发团队的话，那么，微埃智能就是一个留学归来大学生的“高大上”的“洋团队”。微埃智能科技有限公司（以下简称微埃智能）成立于2017年，成员只有20人，最小的员工出生于1995年。所有员工都有海外留学的经历，而且多数是博士、硕士。

微埃智能的核心成员来自美国加州大学伯克利分校、加州大学圣地亚哥分校、英国爱丁堡大学，以及我国的香港科技大学、香港中文大学、香港城市大学和武汉大学等海内外知名学府，拥有强大的技术实力和产品运营能力。

微埃智能的优势体现在，拥有世界领先的多层次神经网络算法与数据驱动型人工智能模型搭建能力。团队采用谷歌（Google）及美国国家超级计算机中心的模型搭建标准流程，可以为不同行业提供定制化人工智能数据预测及分析方案，为企业打磨定制化的人工智能解决方案。在生产流程环节，可以进行设备故障预测性维护，提前预知设备故障，并帮助客户提出解决方案；可以进行设备使用寿命预测，性能预测，资产状况检测；可以实现工业流程优化，预测每个产品的良品概率，提升生产效率。在客户细分环节，可以演算每个用户在n天后的流失概率；基于不同特征维度，赋予用户分值系统；预测特定时间段内用户的消费频次、偏好、金额等，进行精准推荐及营销；对目标客户群体开展聚类和价值分类。在市场营销环节，可以预测每一款产品指定时间内的供给量；预测细分市场/区域需求量；进行精准场景判定。

因此，微埃智能可以在工业生产、制造业转型、市场销售等领域拓展业务，前景十分广阔。

微埃智能由赵紫州和师兄褚英昊、何英杰创立。

赵紫州，1988年出生，毕业于加州大学伯克利分校，曾参与美国劳伦斯国家实验室和美国太空总署（NASA）的科研项目，为美国新泽西州科学研究院优秀奖获得者。

褚英昊，1987年出生，博士，毕业于加州大学圣地亚哥分校，主修深度学习—多层神经感知器的预测模型搭建，曾在圣地亚哥国家超级计算机中心工作，参与美国国家科学基金委（NSF，National Science Foundation）及加利福尼亚州能源委员会（CEC，California Energy Commission）资助的智能电网项目。发表国际SCI认证文章23篇。被中国广核集团中央研究院作为深圳“孔雀人才”引进，获320万元资助。后来，他认为在企业里收入虽高，但事情却不多，遂耐不住“清闲”而辞职创业，专注为企业定制AI服务。

何英杰，1991年出生，硕士，毕业于香港城市大学，入选2019年福布斯中国“30位30岁以下精英榜”。

赵紫州家在江西九江，他父母都是“60后”，在九江经营家族纺织企业。

赵紫州十几岁时看电视剧《大宅门》，剧中百年老药铺“百草厅”的兴衰史给他留下了深刻印象，让他深觉百年企业真是很伟大，因此，他打小就想当企业家。

2008年，赵紫州获得加州大学伯克利分校的全额奖学金，到美国读本科，攻读化学工程专业。当时，他就是抱着产业报国的理想而去的。

赵紫州原本是一个奔放不羁的年轻人。2010年，因为家庭出了一些变故，赵紫州感到十分悲伤和压抑。于是，他办理了休学，开始周游世界。他留着烫过的长发，身着夹克，背上背包，俨然一个“仗剑走天涯”的“独行客”。开始时，他手里有奖学金，还有家里给的不少钱，一路上他都入住星级宾馆，租车出行，完全是一副富家子弟玩世不恭的做派。

但是，当家里人得知他竟然休学去环球旅游后，震惊之余，决定中断他的生活费。

没有了家庭补助这条“财路”，赵紫州手头顿时变得拮据起来，甚至连青年旅社都住不起，这才不得不一改大手大脚的习惯，开始精打细算，能省则省，完全是一种“穷游”的方式。

在青海的玉树，他为了省钱，就在一户牧民家边上搭帐篷睡。善良的牧民每天早晨都会主动地把自己家里的食物拿给赵紫州吃。

在尼泊尔首都加德满都，赵紫州搭上了一位当地人的顺风车。这位尼泊尔的司机没什么钱，但却对赵紫州这个来自中国的小伙子特别友好，不仅让他免费搭车，还请他一起吃饭。

在历时两年的旅游中，赵紫州独自背包搭车旅行，几乎游遍了中国全境、美国全境，足迹遍布亚洲与美洲的20多个国家，行程超过10万公里，感受了世界不同地区文化的多样性，提升了个人跨地域文化交流的能力及对各种环境的适应能力。

艰苦的旅途让赵紫州变得又瘦又黑，但是，在这一路风餐露宿、跋山涉水的过程中，他悲伤的心灵渐渐地得到了抚慰，原先躁动不安的内心也逐渐地变得宁静。他遇到了许许多多的人、许许多多的事。这些人给了他温暖，给了他关心和照顾，也给了他力量和信心，从根本上重塑了他的世界观、人生观和价值观。

那些平凡的人给了他太多的感动，于是，他就特别想为他们做点什么，尽己所能去帮助他们。他心中油然升起一种微妙的冲动：再不能这样混混沌沌地过下去了！自己要为这个社会做点实事！

他的内心顿时豁然开朗，重新认识到了生活的价值，懂得了做人的社会责任。

他给伯克利分校化学学院院长写信，把自己的这些微妙的感受都写了下来，请求校方能够同意他复学。院长收到信后，居然亲自去找校长，帮助他办好了复学手续，而且恢复了他的全额奖学金，鼓励他学成后好好报效社会。

这一切，都让赵紫州这个“回头浪子”特别感动。他剪掉了满头长发，决心与过去告别。他希望把自己感受到的光和热传递下去，也用自己的微光，去照亮和温暖他人。

2015年，赵紫州学成回国。他单枪匹马来到深圳，看准新能源市场，投身移动超级充电站，创办了一家企业——深圳市紫帆科技开发有限公司。该公司主营移动充电桩，为新能源车主提供移动充电解决方案，专注于提供充电需求发送，以及电桩监控、预约、查找等服务。

然而，赵紫州很快便发现自己选择的这个经营方向过于超前了。当时，国内的新能源车尚未普及。面向B端的、采用新能源的大巴和出租汽车的充电桩业务订单往往很难拿到，而面向C端的客户则发展缓慢，普通家庭使用新能源车的还很少。

虽然取得了一些专利，也获得了种子轮投资，但因为找不到什么业务，投入的资金很快便捉襟见肘，在商海里被“撞得头破血流”的赵紫州不得不选择放弃。

这次创业的失败使赵紫州认识到，自己技术上可能很牛，但是，如果选择的创业项目不接地气，不符合中国国情，那么是很难在国内开花结果的。为了更好地熟悉中国的创业环境和市场情形，他回到了江西九江，到自己的家族企业纺织公司担任董事长助理。

赵紫州怎么也没想到，自己经商竟然要从学习如何“服务”开始。在接待客户时，他要了解对方的家乡、口味和偏好，连泡茶都要琢磨一番，是给对方端上一杯西湖龙井还是一杯武夷山大红袍。他感受到了中国人的“人情”、礼仪之繁杂和重要，这一切都与他之前了解到的美国的经商方式迥然不同。中国的合作方式更微妙、更复杂，只有彼此建立起了信任关系，才能真正做到合作愉快。

这段经历，给赵紫州上了一堂生动的中国经营实践课，让他学到了很多。与此同时，他也一直在琢磨，在寻找创业的机遇。他的母亲经常教导他：“机遇改变命运。”想当年，母亲正是抓住了机遇大胆创业，才有了今天如此大规模的一个家族企业。

赵紫州的机遇出现在一次校友会上。2015年底，赵紫州在加州大学校友会上认识了自己的学长褚英昊。此时，从事人工智能研究的褚英昊已从美国南加州超算中心回国，在中国广核集团担任高级工程师。

两人一见如故。赵紫州第一次了解到褚英昊的研究领域——多层次神经网络算法，并且了解到目前国内利用人工智能为企业做咨询服务的公司仅有四五家。两个人一拍即合，很快便萌发了一起创业的念头。

2016年，深圳前海蛇口自贸片区管理委员会、前海深港现代服务业合作区管理局、深圳市科技创新委员会联合主办首届前海深港青年创新创业大赛。近200个创业项目报名参赛。在几个月的赛程中，赵紫州和他的团队以超级电移充电桩获得大赛初创企业组二等奖，拿到12万元的奖金。前海管理局还给他们提供免费的办公室，配备了人才房，拎包就能入住。这些，对于初创企业来说，无疑都是莫大的支持，一年单租金等就能省几十万元。

2017年6月，赵紫州和褚英昊成立微埃智能科技有限公司，利用多层次神经网络算法和数据驱动模型为企业提供数据预测及分析方案的服务。比如为太阳能发电站预测辐照量，帮助共享单车预测出行需求，等等。

当赵紫州怀揣梦想来到深圳前海时，马上就被梦工场的环境所吸引，他感觉这里的绿化布局、建筑风格都很有硅谷的特色。

得益于梦工场高规格的孵化标准和一流的硬件设施，团队创业人员成功入住梦工场“You＋”公寓，微埃智能很快投入研发运营。梦工场优美的办公环境也是很多优秀小伙伴后来加盟团队的原因之一。

梦工场还会不定期举办精彩的双创活动和项目路演，众多活跃的投资人和政商名人都会慕名前来……这些能够让园区内团队不断接触到更先进的创新理念，获得更多的融资机会。

2017年10月，微埃智能正式推出业务，依靠强大的技术实力，陆续与工业物联网、汽车、共享经济、教育与医疗等多家行业领先机构达成合作。12月27日，微埃智能获得大米创投400万元人民币天使轮融资。

完成此次融资后，微埃智能开始重点关注工业设备领域，期待赋能传统工业加速向数字化、网络化、智能化方向转变。

特斯拉是微埃智能最早的客户之一。微埃智能通过搭建深度学习预测模型，帮助特斯拉找出最有可能买车的客户，并在流失的客户群中重新找到可能的购买者。

微埃智能还为美国南加州的Ivanpah电站搭建了太阳辐照超短期预测系统。该系统响应分辨率小于5分钟，能满足电站对电网稳定性的需求。

微埃智能为早教中心平台巧课力定制的开发模型，通过多层感知神经网络精准定位高价值用户群体，提升了平台的到访率和成单率，其中，顶端的5%用户的到访率从原来的3.97%提升到20.00%以上。

随后，微埃智能与国内汽车品牌比亚迪开展合作；与哈尔滨工业大学联合开展研究，并培养硕士研究生。

赵紫州希望通过具体的项目一步一步实现科研成果产品化。为了寻找合适的应用场景，微埃智能与各行业的企业和专家合作，进行快速试错。然后，根据项目情况、试错数据和团队自身的资源条件，在各个行业中选择最适合微埃智能技术应用的行业和场景。在经过了多个领域的探索后，逐步将业务重心转向了智能制造行业。

为了深入了解微埃智能的创业历程，我采访了赵紫州和何英杰。

赵紫州是一个乐观、大方的小伙子，面带笑容，目光坚毅，投射出对于未来强大的憧憬和信心。

他说：我们团队这些人都是有情怀的人。我们出身于富足之家，堪称“蜜罐里长大的人”，又都是一流高校毕业的“学霸”，很容易找到高薪职位，过上优裕自如的生活。但现在却都聚在微埃智能，每个月拿几千元工资，自愿过着“996”（早上9点上班，晚上9点下班，一周上6天班）的生活，“三餐管饱，零食管够”，只争朝夕地在一起拼搏奋斗。譬如：联合创始人褚英昊，加州超级计算机中心博士后，加州大学圣地亚哥博士，是深圳市特别引进的“孔雀人才”，原先年薪超过百万元。何英杰，之前在香港Nielsen公司担任市场分析师，年薪几十万元。团队中有一位从武汉来的“90后”加盟者，原先收入很高，入职微埃智能后工资很低，家里人怀疑他“误入”传销团伙，于是专门护送他到深圳，当亲眼看到梦工场和微埃智能的创业环境后，确定这真的是一个创新团队而不是传销公司，这才放心地把孩子留下来。

在国内，大量的AI（人工智能）人才都集中在金融、医疗等领域，很少涉足制造业。而且，即使是在制造业领域，众多的AI团队也都倾向于做基于图像识别的质检业务，微埃智能则选择专注于处理和分析生产过程中的数字化数据。

之所以将业务重心放在智能制造行业，为不具备AI技术基础的制造企业挖掘生产数据潜在价值，提升生产效率和效果，降低生产成本，微埃智能主要出于三个方面的考虑：一是政策的支持，人工智能和实体经济深度融合已成为培育经济新增长点的新动能的战略方向。二是实体制造业痛点明显，招工难、用工成本高都制约着企业的规模化发展。三是团队主要研发人员都具备“行业＋AI技术”的混合背景。

对于传统制造业的痛点，赵紫州和何英杰都有切身的体会。何英杰出生在香港，家人在中山经营小家电，就面临着招工难、用工成本高、公司转型升级难的困境。2013年以后中国的实体制造业更是面临巨大的挑战：不转型，就是在等死；转型升级，改用全自动设备，财务成本高；尝试转向服务业呢，又是外行，做不了。

1978年，改革开放刚开始时，赵紫州的母亲在九江一家纺织厂工作，业余时间做一点小生意。90年代，他母亲用多年的积蓄投资开办起了纺织工厂，企业越做越大。那时，纺织业刚在九江兴起，招工很容易，当地人要想进厂做工还得托关系。

20多年过去了，劳动力变得相当紧俏。赵紫州曾经到农村去招工，拉起大横幅宣传，还要给农民发红包，好不容易才招到工人，用工成本却相当高。在九江，一个纺织工月薪通常在4000元以上。他们还嫌生产环境不好，活儿太累。他母亲的公司用工一两千人，一年单人工支出就是几亿元。

因此，赵紫州从美国学成回国后，家里人就特别希望他能为家族企业做些贡献。

赵紫州的人生座右铭是：做有价值的事，并且把事做成。他自称“实体制造业二代”，想为实体制造业的发展做些实事。在他看来，只有倒闭的企业，没有倒闭的行业，关键在于及时改造升级。从小的方面说，他希望帮助家人分忧解难；从大的方面说，他希望帮助国家实现实体制造业转型，成功迈进以智能化为基本特征的工业4.0时代。

在大多数的传统纺织厂中，赵紫州看到，工厂环境恶劣，噪声污染对工人的耳朵和脑神经产生强烈刺激，大量纺织纤维和尘埃被吸入并损害工人的肺部，长此以往，对工人的健康造成严重危害。因此，我国的纺织工业急需智能化转型升级。

不单单是纺织业，其他制造业也都面临着智能化的时代课题。赵紫州给我举了一个例子。

据中国焊接协会与国家人力资源和社会保障局发布的数据，2017年，我国焊接行业从业者有2000万人，按8000元月薪计算，焊接人工市场每年花费高达1.92万亿元。由此可见，焊接市场劳动力需求巨大。每年焊工缺口300万人，部分领域缺口达90%。加之，火电焊强光会刺激眼睛，伤害焊工的视力，有毒气体对呼吸系统伤害极大，严重的甚至会影响男士生育。虽然工资高，但是年轻人愿意入行的越来越少。而采用机器人实现智能焊接，在硬件上已毫无困难。现在的难点在于“调参”（调整参数）。运用参数工艺，机器人可以通过摄像头自动找到焊缝，借助芯片的智能调参，它可以辨别出钢、铅等不同焊材，区分机器的厚薄程度。通过一百多个细分参数，再将参数转化为计算机可计算的对象，采用数据驱动型机器，可以实现毫米级的焊接。而用调参进行超声焊接，则可以运用于芯片分装。如果这一工艺得以实现，就可以解放千万名焊工。这无疑是一桩功德无量的善事。

现在的关键点在于，如何获取那些技术参数。像阿尔法狗一样的AI具备强大的学习和建模能力。迫在眉睫的问题就是要让熟练的技术工人，将有关的参数测算出来，再输入到大数据库中。微埃智能的优势主要体现在智能调参和建模上。

微埃智能选择从纺纱工序切入。纺纱工序在中国市场体量有100亿元左右，全球约为四五百亿元。微埃智能选择做纺纱工序，是因为这个应用场景大公司不屑于做，小公司又没能力做。赵紫州他们希望能让纺纱工人更健康、更自由。

微埃智能推出的纺织机器人，一个机器人可以替代三个人。虽然人工智能占比只有百分之二三十，但却能实实在在解决问题。现在，这款机器人已在一家纺织厂应用，待调试成功后就要向外推广。

除了纺织行业急需人工智能化的转型升级，焊接行业的类似需求亦十分迫切。

2019年，微埃智能将超算AI技术运用于传统工业焊接中，研发出了焊接机器人"手眼"系统。通过机器视觉、运动控制、焊接参数控制等功能模块，让机械臂具备像人一样的视觉能力，并与机械"手"配合作业，在高危的焊接场景实现了用机器替代人工。

具体说来，微埃智能从"焊前、焊中、焊后"三个过程进行控制干预。焊前，先进行视觉定位，确定焊件焊缝的精准位置和尺寸公差，自动推荐焊接参数。焊中，通过工艺控制器，实施调整焊接运动轨迹和焊接参数。焊后，拍照质检，识别气孔、偏焊、焊穿等缺陷。

相较于现有焊接机器人，微埃智能的解决方案能够将良品率提升20%以上。微埃智能的AI焊接软硬件套件，每套价格数万元，客户大约1.5年即可收回成本，因而客户也较愿意购买。这款产品于2019年初推出，已拓展了包括富士康在内的多个大客户。

2019年12月，微埃智能获得了高新技术企业认证。

“制造业强则中国强。如何为中国制造业插上创新的翅膀，为之助力，使它在全球制造业的伟大变革中实现从制造到智能制造的转型，是时代赋予有创新精神的企业家和工程师的重大使命。”赵紫州说，“我和团队小伙伴们希望把之前在美国积累近十年的知识、技术、模式本土化。希望通过使用AI智能参数精度控制器，在节省技工人力的同时提高生产设备的精度，为实体制造业带来AI的赋能，提高生产效率，实现共赢。”他还说：“我认为现在提到人工智能时，不应该再强调它能取代人类员工。它能为老板节省成本，但是会让员工失业，这个路子是不对的。我们应该努力让人工智能更好地辅助人力做事，比如一个技工原来能操作5台设备，现在利用人工智能技术可以操作10台或20台，产能提升了，技工的收入也会相应提高。此外，比如原来设备的良品率是97%，通过AI赋能，能让良品率提升到98%，这对传统企业也是很大的帮助。Co-creation for success（合作共赢），我觉得这是我们要努力的方向。”

据有关数据，作为世界第一制造业大国，中国的制造业产出总量在全球占比达到25%，但与此很不相称的是，2011年以来，中国制造企业的平均利润率一直在2%—3%这个超低利润区间徘徊。面对这种局面，微埃智能希望通过自己的技术为中国制造业的升级作出贡献。

发达国家的制造业以硬件为主，每款硬件的精度都做得很高，中国的企业可以从硬件与软件相配合的角度实现赶超。赵紫州带领的团队通过调研发现，很多有实力的国外设备厂商在制造过程中都没有做算法补偿。他们进一步通过试验证明，在制造过程中加入人工智能算法做补偿的方法是可行的，这有利于提升国内制造业的工业品质。

现在，微埃智能要做的就是，让软件算法成为国产设备的大脑，用其实时调整设备的运行轨迹和运行参数，通过软件来补偿国产设备在硬件方面的不足。“我们希望能帮助传统制造业的高端设备厂商做到更好，一点点实现弯道超车，最终胜过国外高端设备。”赵紫州充满信心地说，“现在我们有几个做得还不错的样板，如果这件事能大规模推广开来，会对中国制造做出积极的贡献。”

赵紫州充满自信地告诉我，微埃智能目前开发的调参机器人已达到中等技师水平，期待在不久的将来能达到高级技师乃至阿尔法狗一样超越人类的智能和实力。

等到那一天，千千万万的焊工、纺织工等制造业工人将从繁重艰辛乃至有毒有害的劳动中解放出来，中国的制造业必将全面迈入中国智造的新时代！

我要进前海!

在梦工场采访时，我遇到了一个小伙子，他叫邓添彦。邓添彦早在大学读书时，就有一个梦想——将来要到前海青年梦工场工作。

邓添彦至今清楚地记得，那是2014年12月7日，梦工场举行隆重的开园仪式，他和许多同学都来到了现场。热闹非凡的场面，一个个领导和创业者激情四溢的发言，让邓添彦感觉自己全身的血液都在沸腾。那些创业者团队，90%以上都是留学生、研究生等高层次人才，一个个都身手不凡。

开园仪式结束了，邓添彦和同学一起专门建了一个微信群，名字就叫"我要进前海"。这是他们这群意气风发的同学的共同愿景。

没曾想到，不到两年，邓添彦的这一梦想便成真了。

1986年出生的邓添彦，中等个子，身材略胖，圆脸上戴着副眼镜，神情专注，似乎总是在打量和思考。邓添彦是茂名人，他父母退伍转业到了深圳。

2015年，邓添彦加入专注于大功率COB-LED照明灯具节能升级的玖星光能低碳科技（深圳）有限公司（以下简称玖星光能）。现在他已是该公司的COO——运营总监。

邓添彦一直向往着前海梦工场，期待着能有机会入驻。终于，在2016年4月他看到了梦工场招收团队的通知。由于玖星光能拥有自主知识产权，且其技术低碳节能，可以为社会带来巨大效益，符合梦工场的招收基本条件，于是，玖星光能很顺利地便报了名。

2016年4—6月三个月，可说是邓添彦最为紧张的日子，因为他知道梦工场的要求极高，同时有许多优秀团队都参与了角逐。经过严格的初选和紧张的路演比赛后，玖星光能幸运地获得了入驻梦工场的珍贵门票。

入驻后，邓添彦感触最深的就是梦工场“高大上”的拎包入驻硬件设施、一条龙的注册服务、免租政策等。这些都让他们减少了大量的准备工作，入驻第一天就能高效开展工作；同时也减轻了企业运营负担，可以将更多的资金投入产品研发。因此，邓添彦他们由衷地写道：“梦工场是玖星光能的加油站，也是我们在深圳的家，我们希望梦工场能够越办越好，吸引和孵化出更多优秀的团队。WHAT’S NEXT? WE ARE THE FUTURE！”

作为一家创新型高科技企业，玖星光能产品获得发明专利3项，国际PCT 1项，实用新型等专利技术专利共计36项。玖星光能与中国科学院半导体研究所共同研制的相关产品，通过了国家质量认证中心CQC安全、节能等相关认证，并通过了欧盟CE认证。产品已被列入2016年、2017年《国家发改委节能产品政府采购目录》、商务部《流通领域节能环保技术产品推广目录》。

玖星光能主要从事COB-LED照明的技术开发，产品主要应用于道路、机场、港口、码头、体育场馆等大功率照明领域。公司目前员工人数达100多人，工厂设计产能达年产值5亿元人民币。目前核心研发团队以中国科学院半导体研究所副所长陈弘达为首，2017年1月，核心团队荣获惠州市天鹅惠聚工程“创新团队”称号。

邓添彦为我介绍了玖星光能产品的巨大优势。玖星光能注重做单颗功率60瓦以上大功率COB-LED光源。COB-LED照明灯的核心部件是一个高度集成的光源芯片，发光源大约只有一元钱硬币大小，节能率高。在同等亮度条件下，比传统LED灯节能20%—40%，比高压钠灯节能70%。目前在国际上，玖星光能的产品可称得上最节能的灯具之一。

玖星光能灯具还拥有优越的“三防”设计特性，可防水、防风、防尘：灯具浸泡在水里都不碍事；能抗击十四级台风，晃动小；有些灯具运用到风沙很大的非洲去，效果很不错。

另外，玖星光能的产品照明效果好。普通光源只能照亮灯下方，两灯之间会有一段无光区。而COB-LED灯具的光可以直铺下来，达到“见光，不见灯”的照明效果，在100米外只看见路面的光亮而看不见灯的发光点，可以起到非常好的防眩效果。用作路灯，不会影响行驶汽车司机的视线，避免干扰司机导致驾驶分神。

COB-LED灯具还有一个更大的优势，就是能够智能控光，通过物联网，可以按需调光。譬如，在傍晚六点半到早晨六点，路灯可以分时段调光：晚六点到十二点，100%给光；凌晨零点到四点，降到30%给光；四点到六点，50%给光。在深圳，阴雨天也可以及时按需补光，当亮则亮，当暗则暗。玖星光能的智能灯具可以实现更优的持续节能减排效果。而节能减排这一块，属于政府大力倡导的方向，国家会给予补贴。玖星光能的智能灯可以将每分钟每盏灯的用电数据记录下来，精确记录每盏灯每年的省电数量，然后凭此精确申请节能补贴。这些数据皆可复查，且都来源有据。智能灯还可以无缝对接智慧城市建设，包括可以结合灯杆实现WIFI覆盖或在灯杆上进行视频监控，发布图像、语音等内容。

散热技术也是玖星光能的核心技术之一。传统的光源散热成本高，而玖星光能已开发完成的第四代产品，可将照明核心体积减小一半左右，成本降低三分之一，2015年经科技部鉴定已达国际先进水平。

2017年7月，“深圳国际机场停机坪照明节能升级项目”选用了玖星光能的COB-LED高杆灯。停机坪原先采用高压钠灯，总功率8000多瓦，而安装玖星光能的COB-LED高杆灯后，总功率只有3000多瓦，节能近70%。更为了得的是，在35米高灯柱上，玖星光能的COB-LED高杆灯的光更亮，机位工作照明效果更佳。据了解，机场在机位工作照明方面有极高的要求，机位工作照明要求机翼之前有光，而机位40米后（机翼之后）不允许有光，以防干扰地面信号指示灯。在这一点上，以前的光源基本上做不到，而COB-LED高杆灯则可以智能调光、补光、控制光。经过比较，玖星光能的产品综合效果排名第一。

2016年12月，参与并完成了广东省重点工程惠州市S119龙门至龙华段扩建工程道路照明项目设计及灯具安装，已通过验收。

2017年2月，参与并完成了江西省麻丘县重点示范工程两条干道照明升级工程。该项目采用合同能源管理模式，已通过验收。

2017年6月，参与并完成了天津市重点工程津围公路毛家峪隧道建设工程照明项目，已通过验收。

2017年6月，玖星光能参与并完成了国家商务部对外援助司“援厄立特里亚太阳能路灯项目”，主导并提供从照明方案的设计到产品供应、安装指导等一系列服务。

……

玖星光能的项目成果远不止这些。他们专注于做大功率照明灯具，始终瞄准国际一流水平、一线品牌，同时更勇于超越同行。大多数企业设计、生产的灯具使用寿命为5年，质保3年；玖星光能则提供5—8年质保，产品寿命达20年。

邓添彦告诉我：入驻前海后，有了前海和梦工场做背书，玖星光能的生意越来越好做了。河北交通投资集团有一个隧道供灯的项目也交给玖星光能来做了。2015年之前，交通部市政部门在做政府光源采购时，招标文件上都明确标明要采用LED

灯，而对更节能的COB光源灯具技术存在疑虑。现在则已将更节能的COB光源灯具列入了技术清单。这正是玖星光能的产品大面积推广应用的好契机。在河北沧州、雄安，玖星光能都有一些小的示范项目，并获得了高度的好评。而在新疆，有14个县计划采用玖星光能的产品用于市政照明升级。有一个县要把一条入城主干道的400盏高压钠灯路灯交给玖星光能来做升级。双方计划采用玖星光能投资，靠每年节省的电费冲抵玖星光能的投入及收益。

邓添彦住在深圳滨海大道边上的一个小区。他说："每天夜里驾车回小区，看到滨海大道灯火通明，路灯采用的都是高耗能的高压钠灯。我就想，这些路灯要是交给我们来做节能升级，在保证照明效果的前提下，可以把每盏灯降到更低的功率，一年可以省多少电啊！而全深圳一共有30多万盏路灯，如果交给我们来做，既提高了照明效果，又能节省财政开支，能让深圳更美更低碳！"

在商言商，对于商人而言，盈利固然不是唯一目的，但也必然要追求利润。而君子爱财，取之有道。在邓添彦看来，采用大功率COB-LED灯具做照明的节能减碳升级，实在是一件利国、利民、利己、利他"四利"的大好事。

目前，玖星光能的盈利模式大概有三种：一是以玖星光能为投资主体，一般约定6年（有的是10年）内节省的电费归其所有；二是维护费用的收入；三是节能减排项目的政府补贴。因为有过硬的产品质量作支撑，因此，玖星光能在许多项目上都主动建议采用双赢的EMC（合同能源管理）合作模式，既让业主增值，自己也能获利。目前，玖星光能已把市场开拓到了中东、巴西、日本、非洲等国家和地区。经过努力，玖星光能在全国范围内的市场知名度和占有率也在不断攀升。仅仅2017年一年，其样板示范工程销售就突破300万元人民币，目前正在参与的项目金额累计超过了4.2亿元人民币。

2018年11月，玖星光能成功通过国家级高新技术企业认定。

2019年2月，邓添彦又在深圳市南山区注册成立了玖星能源（深圳）有限公司，经营范围包括灯具、灯具配件、半导体电子元件、软件、塑胶制品、模具的设计、开发与销售，节能减排服务、低碳节能技术的开发、合同能源管理，等等。

一位“五四青年”的梦想：让地球减少5%的污染

见到我，尤建兴的第一句话是：“男子汉四海为家。”

1954年出生的尤建兴在年龄上已经不再年轻，但留着短发、神采奕奕、属马的他依旧“马力”十足，自称“五四青年”。

说起尤建兴的经历，堪称传奇。

尤建兴的父亲是国民党统治时期汕头市副市长，“文化大革命”期间被错划成“黑五类”，后来辗转到了香港。在香港，他娶了一名小学教师，生下了尤建兴。

回忆起小时候，尤建兴对那时家里窘迫的生活记忆犹新。他读二年级时，老爸都没钱给他交学费。

尤建兴从小便表现出过人的聪慧。读一年级时他只花了27小时就读完了《倚天屠龙记》，三年级时他将《三国演义》读了五六遍。平时他不看重成绩，考试前也不做准备，成绩处在中上水平。

尤建兴喜欢动手，喜爱摆弄电器。小学二年级时他就拆装了家里的收音机，四年级时拆装了扩音器。

读初中，上了圣保罗学堂，尤建兴开始紧张起来。他和小伙伴们听说香港的联考（相当于内地的高考）很难，心里很恐惧。尤建兴决心把学习成绩赶上去，于是找学长将中学教材都借来了。

很快，他便自学完了中学的教科书。因此，在整个中学阶段，他都是一个“游离分子”，当别的同学都在苦读课本的时候，他已经开始自学大学教材了。

1972年参加香港联考，尤建兴竟然摘取了理科状元桂冠，获得了美国西北大学的全额奖学金。

但这一年，适逢家中变故，尤建兴拖了一年时间才赴美。美国西北大学依然等他入学，并且给予他全额奖学金。

尤建兴原本性格比较内向，遇到几个陌生人在一起，他就不会说话了。为了克服害羞心理，初二时他参加了学校的话剧社，逼着自己上台表演。

那时的舞台，灯光没有智控，照射得很热。尤其是负责拉灯杆的工作人员，950瓦的灯照在身上，即便是大冬天也会热得只能穿背心。

尤建兴心想，能不能设计出一款可调节控制的光源，让舞台灯光可调可控。于是，他找到了老师的弟弟——担任香港摩托罗拉实验室总管的一位学长。这位学长掌管的实验室里有各种先进的设备，当时实验室正好进了一批新的示波器，尤建兴就试探着问他：“您那旧的示波器送给我行吗？”

由于企业向学校捐赠可在税收上获得减免，于是，学长就把旧的示波器捐给了尤建兴就读的圣保罗学堂，获得了4000元港币的减税额。

尤建兴用这个示波器改造了学校舞台的灯光，使之成为可控光源。

进入美国西北大学电机电脑系，尤建兴一路从本科读到了研究生。该校本科的学制是五年。

尤建兴进校的第一星期就找到了实验室的主管教授，自荐说自己动手能力强，希望找点事做。

教授不相信一个刚入学的学生能做什么，以为他是来玩的，于是就对他说："请你做出一个倒着走的时钟。"

尤建兴只花了20分钟就做出来了。

主管教授兴奋地拉着尤建兴去见实验室主任理查德："瞧，这只倒着走的钟是亨利（尤建兴的英文名）自己搞出来的。"

主任很惊奇，马上同意聘他做实验室助理，每月给他400美元的补贴，让他指导学生做实验。那时，400美元已是一笔不小的钱，要知道一打鸡蛋才卖0.12美元呢！

没过多久，有位教授找到实验室主任，说："理查德，请帮我找一位助教。"那时，学校给教授配的助教大多理论上很行而动手能力不行，这位教授想要一名助教帮助他指导博士生做实验。

"你看，就亨利刚来，他跟你去吧！"

就这样，刚上大学本科的尤建兴便开始带着一群博士做电脑界面集成课的实验了。

后来，尤建兴还帮助生化教授做出了蛋白质自动分析仪。

从芝加哥大学读MBA毕业后，尤建兴应聘到美国道琼斯指数排名前30的一家食品公司任职。这家公司一天的流水就有1.2亿美元，拥有40多万名员工，需要做一个财务分析软件。当时公司花费了数百万美元，找西北大学懂电脑软硬件的专家研发了四五年也没做出来。

尤建兴加入这家公司后，因为他对电脑软硬件都懂，同西北大学的电机电子实验室又很熟，精工车间也是他自己去找的，不到三个月，他就把这个财务分析软件做出来了。

公司董事长非常高兴，把16位副董事长都找来了，当场让尤建兴进行实机演示。这套基于电脑的自动化决策系统，几乎相当于1975年的LOTUS系统和1979年微软研发的EXCEL软件。当年的《哈佛商业评论》还专门报道了尤建兴的这项发明。

后来，尤建兴担任这家公司的财务总监，帮助促成了270亿美元的投资，公司股价也由4.25美元涨到了187美元。董事长对他极为赏识，曾说："亨利要什么，就给他什么。"

在美国工作十年，尤建兴该有的都有了：股票，汽车，房产，私人飞机……

然而，他总是觉得难以彻底融入美国，所以最终还是放弃了美国的优越待遇，回国来寻找自己的生活。

回到香港后，1990年，正好赶上亚洲金融危机，尤建兴便去了台湾，任惠普投资银行有限公司行政总裁。三年后，他又回到香港，任飞利浦亚明照明有限公司首席财务官。又过了三年，他来到上海，出任百胜餐饮集团有限公司首席财务官。

尤建兴说，他的职业生涯可以分为几个十年：第一个十年，是攒履历的十年；第二个十年，是攒经验的十年；第三个十年，是做投资的十年。

在前面两个十年中，尤建兴堪称“打工皇帝”，到1998年时，他已经积累了充足的创业启动资金。于是，在第三个十年伊始，他在香港创立了新华投资有限公司，做起了投资。

2003年，尤建兴拿出自己全部的4300万元积蓄创立了得能集团。那时，尤建兴看到，在中国内地，各种电解电容化学品废弃物常被拿去溶解，只将其中的黄金和铜回收，其余的电子废弃物往往就地一埋。这给中国的土地造成了严重的污染，问题很大。1993年外商进入内地，投资生产日光灯。日光灯里含有水银等剧毒物质，当时，不计其数的废弃的日光灯和电灯泡都被随便处置，100个灯泡实际回收的不到1个。这些都造成了极大的环境污染。2000年后，LED进来了，光源越来越优化，但是价格比普通灯泡高出二三十倍，因此，灯泡和日光灯还是被大量使用。

就是从那时起，尤建兴决定专注于做零污染的智能光控，减少环境污染。得能集团的关键技术在于能够把LED照明中的致癌物及电子污染物排除，能够把LED发出的光线优化。后一成果已经香港科学院实验证实，专利中的不闪烁驱动科技可以把所有大小功率的LED都变成护眼照明设备，这对学校照明尤其重要。这项技术可以有效排除所有闪烁的光线对人类脑部的影响，堪比天然太阳光。而相较于传统LED驱动设备，该技术可节能超过50%。加上充分利用了感应器和移动程式客户端（APP）的多样化场景操控功能，使得该公司得到国际投资者的青睐。

2013年创立的玖明科技（深圳）有限公司是香港得能集团公司的成员。2016年，该公司和前海开展深港合作，成立玖明智控科技（深圳）有限公司（以下简称玖明智控）。2017年全国"双创周"举办过程中，在备受瞩目的前海深港青年梦工场孵化团队融资签约仪式上，玖明智控团队获得了台湾宏碁电脑、环球实业科技控股公司等机构合投的2000万美元融资。玖明智控一跃成为前海深港现代服务业合作区的"明星"企业。

玖明智控是集智能照明控制系统、无电解LED驱动器等产品专业研发、生产、销售于一体的公司，所开发的LED长寿命高效驱动电源，不含任何电解电容，寿命长达10万小时。公司自主开发的智能（smart）照明控制系统，以大功率LED为照明灯具，配合智能调光、智能安装布局，为用户提供一个舒适的照明环境并能实现节能。智能光控系统的亮点是运用清洁直流、自动组网和智慧推动三大核心理论发展出来的第三代物联网IoT3技术，以离散式电脑网络为核心，设计了智能电灯控制系统。用户只需通过手机应用APP、专用遥控器及墙上的开关按钮，即可控制开关及调节光的明暗程度。以香港科学园5W的系统为例，运用该系统可节省30%电费。

"我们的使命是让所有人都能节约用电，以节约全球5%的能源量。”在谈到公司的愿景时，尤建兴这样说道。

从香港的得能集团，到深圳的玖明科技，再到前海的玖明智控，这么多年来，尤建兴一直前行在光源智控和节能减排的路上，矢志不渝，痴心不改。

让狗狗快乐地学习和游戏

2015年初，中央电视台财经频道《创业英雄汇》栏目的舞台上出现了一款给狗狗用的电脑，相关的创业项目叫Dog PC（狗狗电脑）。

“Dog PC是我们为狗狗设计的全球第一台狗专用的电脑及相关程序。”香港特斯拉科技有限公司的创始人姜竣译介绍道。这是一台可以让狗看得见、听得到、摸得着、喜欢玩的启蒙学习电脑，就像人类的小霸王学习机一样。人们可以通过手机APP随时随地和家中的狗狗进行远程视频互动，狗狗通过Dog PC可以看电视、听音乐、打游戏、上网学习。经过3天的简单培训，狗狗就可以学会使用Dog PC。

据统计，国内目前至少有宠物1.5亿只（条），宠物经济的市场潜力超过450亿元人民币。而单单狗这一种宠物，全球就有4亿只。例如，美国现有4314万人养狗，狗的总数为6153万只；中国有2700万只宠物狗，单是在北京登记注册的狗就超过100万只。美国有一个专门给狗狗看的电视频道叫DOG TV，已运营4

年，目前其节目内容在全球十多个国家放映，拥有一百多万的收费用户。

在《创业英雄汇》上，同创伟业的合伙人张啸决定以500万元人民币投资姜竣译的Dog PC项目。

2016年，看到前海未来发展的广阔前景，姜竣译将香港特斯拉公司从香港科技园对接到前海，成为梦工场里一个相当特殊的创业团队。

谈起当初为何想出发明狗狗电脑的缘由，姜竣译介绍了自己和狗的因缘。他非常喜欢狗，但深知边工作边养狗不易，所以一直没养，然而，有一次陪朋友去买狗，可能是缘分使然，他"失去理智"带回了一只雪白的银狐犬。

当时，姜竣译在神州数码系统集成公司工作，负责华南的金融行业客户，在近千人的销售团队里他的业绩多年保持在前三名，所以加班加点都是经常的事。这个时候，他发现了一个奇特的现象：如果哪一天他在晚上九点后回家，狗狗会忍不住，将便便拉在家中；但如果十二点以后回家，便便就不见了——被狗吃掉了。

虽然这种情况只是偶然发生，但仍让姜竣译的内心非常不安，因为他非常爱他的狗，所以他要解决狗的这种困境。那段时间，他经常要在加班工作与回家照顾狗两者间艰难抉择。

这样的日子过了半年之后，姜竣译决定为狗发明一个全自动的狗厕所，希望让全世界的养狗人都能轻松养狗。

姜竣译边工作边搞发明，这样持续了半年之后，他发现进度太慢，思考再三，决定辞掉工作，全力创业。经过刻苦钻研，他和他的团队不仅发明了全自动的狗厕所，还将其改良为智能狗屋，并成功申请到了美国的发明专利。

随着研发的深入，团队与狗相处的时间越来越多，他们发现，狗是很聪明的，有3—7岁小孩的智商，它们不但有自我的意识，还会进行逻辑推理、分析，甚至能使用计谋。

姜竣译讲述了自己的一次亲身经历：在多年前，他曾经无端被困一个房间近7小时之久。由于无法与外界联系，也无法脱困，在短短的7个小时里，他经历了恐惧、焦虑、紧张多种心情。这段经历让他更能体会那些无法和人类进行沟通又常年被困家中的狗狗的心理——从抗拒到恐惧，到焦虑，再到空虚无聊，直至麻木。换言之，主人不在的时间里，被独自关在家中的狗狗，它们的精神世界就像生活在牢笼里。

如果经过Dog PC培训后的狗狗能与人类进行简单的沟通，这样不仅能解决狗狗随地大小便、不文明行为的问题，还可以让狗狗理解家人工作后就会回家，甚至它还能自己学习、打游戏、看电视，排解独自在家的寂寞与空虚。

经过深入的研究与思考，姜竣译与他的团队决定调整研发方向，专为狗狗研发启蒙电脑及相关的学习软件。

他们的这一想法不仅得到了很多专业养狗人士的认同与支持，连全球知名的投资机构Founders Space、香港青年联会主席吴杰庄等都成了他们的天使投资人。

前海深港青年梦工场也为他们提供了很多创业支持，比如对接了富士康，作为产品未来量产的落地支柱。另外，深港两地的领导等也都纷纷实地考察过他们的项目，并对其自主知识产权和创意给予了高度的评价。

对于自己的产品，姜竣译有着清醒的定位：一定要做好品控（品质控制）！狗狗电脑不是一件玩具，它在狗的世界，相当于人类的第一台个人计算机。

“我们创业的动机是为了实现人和狗更好的沟通，通过为狗建立一个IT生态圈，我们不仅可以缓解全球29%—40%狗的分离焦虑，还可以为人类了解非人类生物的思想打开一扇窗户。这将是一个具有历史意义的项目，同时也是我个人探寻宇宙真相的一把钥匙。所以，即使前路再难，我都会将这个项目坚持下去，因为帮助人与狗沟通，就是我的使命。”姜竣译说。

只有打天下的人，没有打酱油的人

走进前海随身宝（深圳）科技有限公司，我很吃惊，因为办公室里堆满了各式各样的旅行箱。我问该公司创始人之一、来自香港的郭玮强："你们这是打算出差去吗？怎么这么多旅行箱？"

郭玮强神秘一笑，将我迎进屋里。

接着，他像变魔术一般，拿出一只手提"保险箱"，打开，开始逐一向我介绍他们的"宝贝"：

可以验钞的钱包

可以报告天气的雨伞

可以提示行程和装好必备物品的智能背包

可以自己称重的旅行箱

可以用手机开锁的行李箱

……

我恍然大悟：敢情屋里堆着的那几十只行李箱就是随身宝科技有限公司正在研发的智能产品呢！

接着，郭玮强就请他的同事为我演示了智能行李箱如何防盗，如何实现指纹识别、自动报警等功能。在手机上，借助一个专门的APP，就可以用指纹打开行李箱，也可以将手指按在行李箱锁具旁一块小小的感应板上，打开行李箱；如果行李箱离开它的主人超过一定距离，它就会自动发出响声提醒……

郭玮强介绍说："我们希望可以搭建一个移动的物联网平台，通过一个APP就可以管理所有的随身物品，之后会衍生出更多的周边产品，如宠物追踪环、儿童手表等。"

仔细观察那些行李箱，有黑色、灰色、银色、红色各种色彩，也有大、中、小各种型号，而所有行李箱的锁具部位都被撬开了，空着一个小小的洞。这方寸大的地方，正是随身宝研发团队正在努力攻关的智能装备之所在。

前海随身宝科技有限公司是一家定位于为传统个人物品提供智能硬件与软件相结合解决方案的技术公司，目前产品主要销售给知名个人物品的品牌厂家，现阶段其软、硬件产品已被三个知名品牌所采用。

郭玮强介绍说，目前个人随身物品的市场容量巨大，但智能化程度较低。随身宝科技有限公司的智能化产品旨在提供私人物品（目前为箱包）的追踪、防丢、安全和防伪等功能，同时为个人物品尤其是知名箱包厂家提供用户信息分析、精准营销和差异化用户体验。

力合华睿公司是随身宝科技有限公司的战略合作伙伴。在谈到为何选择随身宝科技有限公司时，力合华睿公司总经理范嘉贵表示："感知技术在人们随身物品上的应用，对行业用户与个人都能带来一定价值，而目前较少有创业团队将研发定位于感知技术与个人物品终端全面结合，而是主要集中在具体功能的应用上，而这恰恰是R-guardian（随身宝公司英文名称）团队的机会。同时我们也看好这支来自香港的年轻团队，希望深港两地的年轻人能够一起创业，共同打造属于中国的硅谷。”

郭玮强，1990年出生于香港，就读于香港中文大学信息工程专业。香港的大学生毕业后大都追求找到一份稳定的工作，一般读大二、大三时就开始找工作。郭玮强原本也是这样规划自己的未来的，但是，一次到内地交流的机会改变了他的人生轨迹。

2014年，正读大二的郭玮强到北大交流学习一学期。

那一学期，他经常到中关村图书大厦看书，对面就是创业大街。走进创业咖啡厅的公共空间，郭玮强听到的都是人们在谈论创业的事情。他开始与这些同自己年龄相仿的人交流，发现他们对创业抱有很大的兴趣，这同香港学生渴望找稳定的工作很不一样。

郭玮强本来是想从事研究工作的，回到香港后，他的想法改变了。他开始找同学组建创业团队。有位师兄在微软公司从事精算工作，也被郭玮强鼓动加入了他的团队。

郭玮强和刘柏林在香港科技园开始创办公司，希望通过几轮投资，能逐渐走到后期IPO，然后上市。

2016年，郭玮强在寻找拥有更齐全的产业链配套城市的过程中，发现深圳市在产品开发速度、品质、价格等整体量产化方面，优于其他城市。郭玮强了解了前海梦工场良好的投资和创业氛围后，就开始把随身宝科技有限公司的研发基地移至深圳。

之所以选择深圳，除了产业链方面的考量外，郭玮强同时也考虑到深、港是毗邻的兄弟城市，两地相距不远，仅一河之隔。

“这里产业配套更好，内地又有着广阔的应用需求，无论是日常研发的各种材料供应，还是应用合作，在深圳都更为方便。”郭玮强说。

借助内地科研人员的高素质和比较低廉的生产成本来研发硬件，再通过香港的平台来推广产品，就可以同时发挥深、港两地的优势。

2016年，郭玮强参加香港青年协会组织的创业者路演，拿到了第一名，获得推荐入驻前海梦工场的机会。同年10月，郭玮强带领自己的团队正式入驻梦工场。

刚到前海时，郭玮强他们遇到了法务、税务等各种营运上的问题，但是，前海管理局等相关部门都及时向他们提供了各种资讯和支援，使他们可以很快找到相应的部门去咨询并解决问题。

在郭玮强看来，香港拥有雄厚的高校研发实力，深圳则拥有大量经验丰富的工程师，在研发和商业拓展方面采取“内地＋香港”合作的做法，能够快速实现研发成果落地。

在梦工场创业的几年里，郭玮强和团队打造了首款直立开箱的智能行李箱。这件“随身宝”是市场上唯一能在托运时定位的行李箱，解除了全球每年多达500万个行李箱托运丢失的困扰。

这款行李箱不但能智能定位，而且基本具备了“全能行李箱”的功能：有飞行模式，实现自动开关无线功能；能蓝牙解锁，实现手机一拍即开；另设安全模式，AES加密通道＋生物认证，安全性极高；可以智能称重，免去乘客担心行李超重临时去除物品的尴尬；带有双电源供电系统，甚至可以作为移动电源。更难得的是，拥有这些功能只让箱子增重了0.4千克（含充电宝0.2千克），且不影响收纳空间。

前海随身宝科技有限公司申请了20多个专利，有超过10个授权的研究属于自主研发，与新秀丽等10多个海内外知名箱包品牌达成合作。公司已进驻10多个线上平台，线下体验店也达到20多家，2019年线上线下的营业额达到1000多万元。目前，随身宝科技有限公司已完成两轮融资，估值超过1亿元，并且于2019年进入国家高新技术企业行列。郭玮强也入选2019年福布斯中国“30位30岁以下精英榜”。

近两三年来，随身宝科技有限公司所生产的行李箱约2.5万个。他们的产品卖到了美国以及英国、法国、意大利等欧洲国家，甚至连南美的巴西、阿根廷也都有他们的客户。

最让郭玮强感动的是，2018年10月23日，作为在前海创业的青年团队代表，他受到了习近平总书记的接见。习总书记亲切地询问了他在前海创业的情况，他也借此机会向习总书记作了简单的工作汇报。习总书记对他的创业项目表示赞赏，并且希望他作为青年创业代表，透过“随身宝”的发展，燃起更多香港青年到内地发展的信心。

在香港青年“北上”追梦的人潮中，郭玮强属于先行探路者。作为香港青年创新创业协会副会长、前海青年梦工场创业联盟副会长，郭玮强平时经常参加深、港两地举办的创业活动、论坛等，把自己在大湾区的发展情况，包括在大湾区发展的优势、政策扶持等内容分享给香港青年。他告诉他们，其实来粤港澳大湾区发展并不是“一刀切”的决定，不是说选择来内地就必须放下香港，而是两边可以实现共同发展共同合作，利用好各方面的优势，协同做好产品和服务。他鼓励其他的香港青年创业者先踏出第一步，可以保留在香港相关的业务或者运作，等到对深圳这边有了更多的了解后，再逐步就各种想法、营运、业务、技术开发等，和内地开展更加深入的合作。

郭玮强的女友在香港，现在在一家公司当文员。他每周平均要在深圳工作5天，总是要女友体谅他的工作。

现在，郭玮强已经相当习惯在深、港两地穿梭往返的生活，连生日都是在工作中度过的。过生日时，尽管家人不在身边，但有伙伴们一起庆祝分享，他也感到十分快乐。

回顾自己的创业经历，郭玮强说：“人生要有想法，事业要有规划。”

前海随身宝团队的创业格言是：“我们相互支持，一起努力，只有打天下的人，没有打酱油的人。”

靠谱保挺靠谱

在梦工场的每一天，我都能感受到人们创业的激情在不断迸射，创新的活力在充分涌流。到处都是全新的创造，到处都有令人振奋和惊奇的新鲜点子、新颖理念和思路。靠谱保就是这样一个让我颇感意外的创业项目。

【保险责任】

被保险人在保险期间内，因代言商业广告产生负面后果，导致被保险人形象受损，以至于无法获得后续商业广告收入，由保险人负责赔偿。

【保险期间】

1年，3年，5年，10年，终身。

【保险金额】

投保前最后三次代言费平均值。

【费率】

代言费5%—15%。

【投保人】

明星个人或其经纪公司、传媒公司。

【免赔】

代言费30%。

【渠道费用】

30%。

如何运营：

以后凡是投保的广告上，允许明星头像旁边有一行字：该广告和明星由××保险公司承保。

这样做有什么好处：

对保险公司而言，可以名正言顺地进入不同的产业链，比如理财、食品、医药领域，赚取保险费。

对于明星而言，可以弥补不懂行业、不懂专业带来的损失。

对于广告行业而言，可以借助保险公司的核保能力，来甄别谁好谁坏，以免被钱蒙瞎了眼睛。

对于广告主而言，可以通过保险公司的核保能力，来帮助自己规避经营风险。

对于老百姓而言，如果没有那行字，它的信誉可能大打折扣。

对于电台、电视台、网站、报纸等媒体而言，没有投保的广告，咱可不敢轻易给它上，以免听众/观众/读者埋怨我们。

……

哇！多赢啊！这事儿怎么看怎么可行！

这是2016年2月登在深圳市靠谱保科技发展有限公司（以下简称靠谱保）“靠谱保黑板报”上的一个金融（保险）案例策划。

这家成立于2006年的创新型公司，是集企业风控服务咨询、金融创新定制、金融风险解决方案为一体的FinTech（金融科技）服务运营商，核心团队来自深圳、香港、北京的金融科技领域，主要通过“科技＋金融”手段，为多个行业的企业提供风险控制以及“科技＋金融”产品和服务。如：独有知识产权的“（金融）量化分析AI智能引擎”，是可以分析消费需求、自动推荐金融产品的SAAS系统；与北大青鸟信息技术有限公司共建“风控研究院”，与广东省建材协会、西门子股份公司共建“AI建材质控行业方案”等，专注于AI、区块链技术与金融工具的结合，赋能健康、文教、制造业等行业，降低风险和综合成本、提升竞争力。

2016年，靠谱保进行改建，并正式入驻前海梦工场，在“梦的港湾”起航。

靠谱保的CEO吴军说：“作为一种金融工具，保险能发挥对市场的调节作用。如果一个企业购买了食品安全责任保险、产品质量保证保险，保险公司由于不希望企业发生意外而导致赔偿，所以会介入企业的采购、生产等环节，对其进行监督。运用好保险这个工具，可以解决企业的一些痛点。比如我们在做的混凝土质量保障风控解决方案，可以帮助企业提高销量。卖方可以向买方说明，已经给混凝土购买了产品质量保险，如果发生意外，保险公司会承担风险，负责赔偿，从而让买方放心购买。而为了减少赔付，靠谱保就要对混凝土质量定检定查，要确保原材料（沙子、石子颗粒物）的质量，对工艺和运输过程进行全程监控。由于混凝土加水就会降低硬度，因此当遇到降水天气时，靠谱保就要要求施工方在混凝土上及时覆盖草帘子，加强养护。”

“保险之上，万物生长”，生活中各种情形都可能运用到保险。但在现实中，很多情形传统的保险公司是不会承保的，譬如慢性病、音乐考级培训等。然而社会上的个人和企业却有这些方面的保险需求，以前保险业普遍认为这些领域的保险不能做，现在靠谱保团队考虑的则是如何通过“科技＋金融”，让这些不可控制的风险变成有效可控。——如果风险没有发生，那就根本不用担心损失。

1970 年出生于沈阳的吴军，毕业于秦皇岛的燕山大学，1994 年来到深圳发展。“小平同志在南海边画了一个圈，创造了一个‘春天的故事’，于是我们就像革命年代知识青年奔赴延安一样，从北方纷纷南下来到了深圳。”回忆起往事，吴军这样描述道。

吴军以前在深圳中国平安担任高管，对于传统保险业相当熟悉，对于保险业的空白和社会个人/企业各方面的保险痛点也都了然于心。体制内的保险业务基本上是规划好的，而对于靠谱保这样的团队，他们要做的，就是把人家不规划的方面变成自己的规划方向，运用大数据和互联网技术，用“科技＋保险”“互联网＋保险”的方式，开拓新兴的保险领域。

举慢病风险控制的例子来说。关于慢病管理，其关键在于过程的控制。在医疗服务领域，靠谱保与健康管理公司、大数据公司、智能硬件公司等机构，针对糖尿病的控制，合作推出了糖尿病健康管理保障方案。如果没有一个整合的解决方案，保险公司只卖保险，不能解决控糖问题；健康管理公司只提供健康管理方案，但缺乏金融工具的支持；智能硬件厂商只负责提供数据，而制定个性化的健康管理方案，又需要大数据的支持。靠谱保要做的事情，就是通过设计风险控制模型，把这几方整合到一起，满足C端（消费方）用户的需求。

疾病保险的根本目的是让客户远离疾病，而不是被动等待客户患病后赔偿其医药费用。对于用户而言，健康保险“防患于未然”的意义显然大于“减损于已然”，保险在其中的作用可以看作是“定心丸”。针对慢性病患者，靠谱保通过智能硬件来监控慢性病，提供主动干预式医疗服务，定制专项慢性病保险，为最需要的病患群体提供一揽子控病方案。譬如，为糖尿病病人配备专门的APP，可以随时随地检测患者的饮食情况、运动量、用药情况，同时配备血糖仪按时进行血糖检测。通过这些技术手段，患者可随时了解自身疾病的控制情况，并对用药、饮食和运动量适时做出调整。

2017年10月13日，音乐笔记2017秋季产品发布会在上海召开。音乐笔记隆重发布了全新子品牌——大眼睛钢琴陪练及相关服务，同时宣布与靠谱保、中国人民财产保险股份有限公司共同携手，推出首款获得保险公司承保的教学服务产品——音乐笔记钢琴考级培训费用损失保险。

全国有几千万练琴儿童，练琴效果如何量化是所有琴童、家长最为关注的问题之一。靠谱保联手中国人民财产保险股份有限公司首次推出了钢琴考级险。通过多种技术手段协同作用，“智能硬件＋教育服务＋互联网”齐发力，使远程教育考试通过率及授课质量得到有效控制及提升，也促使其中“金融保险”环节的功能得以施展。这是“技术＋金融”落实到民生层面的典型示范案例，也是靠谱保的又一杰作，实现了多项突破创新，堪称“史无前例”，在社会责任和商业价值两方面实现了双赢。

在吴军看来，技术正在成为保险业发展的下一个推手。他举了个真实的案例：有一次，他们帮一家生产普通混凝土的企业制定混凝土质量保证保险，其实也就是一份最普通的质量保证保险。这样的保险可以用于食品、电器原件，也可以用于混凝土领域。这个普通的质量保证保险就是保险1.0时代。

吴军他们对这个混凝土质量保证保险做了一次产品升级，增加了一项施工监理服务——保障混凝土的质量，促使其在使用过程中减少出质量问题的概率。这种“保险＋服务”的模式就是保险2.0阶段。所增添的这项服务，不但可让保险公司赔得少，也可以帮助客户降低出现质量问题的概率。

后来，他们又对服务进行了一次升级，增加了人工智能，通过传感器把混凝土从原材料采购、仓储到产品生产与运输等过程全部监控起来，使问题的不良率再次得到下降，而且大大提高了效率，成本也降低了很多。将保险、服务和人工智能这三者加在一起，吴军他们称之为解决方案，这就是保险3.0阶段。

“其实这三个东西没有一个是我们自己的，保险是保险公司的，服务是监理公司的，人工智能是科技公司的，我们只做了一件事，就是把三者连接起来。”吴军说。

经此一役，他推断：InsurTech（保险技术）已经不是遥远的未来，它已经来了；独立代理人已经来了。如今全国有些地区的保险业已经出现了跨界融合，比如经纪和代理之间的融合，供和需之间的融合，保险和非保险之间的融合，他们现在要做的事情就是让这个边界越来越模糊。

在青年梦工场，像靠谱保这样的创新型团队还有很多。

以深港青年梦工场为代表的前海，无疑是当今中国最具活力的地方之一。根据前海管理局提供的数据，截至2020年11月底，前海梦工场已累计孵化团队468家，包括港澳台及国际团队236家。前海已聚集了境外人才超过万名。截至2018年，前海蛇口自贸片区累计推出制度创新成果358项，平均每3天就推出1项，创造了制度创新的“深圳速度”，其中全国首创或领先的达133项。前海已有16万多家注册企业、7万多家开业。世界500强中有200多家落户前海。2017年前海实现注册企业增加值2030亿元，比2015年翻一番；合同利用外资达547.67亿美元，占全国自贸区的40%，占深圳的85%。

作为新时代国家改革开放战略平台，近年来，前海深入贯彻落实习近平总书记重要指示精神，实现了翻天覆地的变化。目前，前海蛇口自贸片区已经成为我国发展最快、质量最高、效益最好的区域之一。据统计，挂牌以来，片区注册企业增加值增加了1.5倍。自2018年起，前海区块每平方公里注册企业增加值超过100亿元，经济密度居全球前列，税收收入增加了3倍，每平方公里产出税收18.62亿元，固定资产投资增加了0.9倍。

截至2020年4月，前海累计推出制度创新成果520项，在全国复制推广50项，在粤港澳大湾区复制推广5项，在全省复制推广69项，在全市复制推广166项。

前海，南海边一颗璀璨的明珠，如今正按照习近平总书记绘就的蓝图健康发展，阔步奋进在前海深港现代服务业合作区建设的康庄大道上！

作者手记：是什么打动了我？

记得是在2017年12月，深圳市文联和深圳市作协的朋友邀请我们到深圳去采访，他们计划在改革开放40周年前，组织一批作家来撰写关于深圳改革开放40年取得巨大成就的报告文学。当时我们第一站就来到了前海。广东前海蛇口自贸区是我国较早设立的自贸试验区。我们看到，几年前还是一片荒滩的前海，现在完全变了一个样子，盖起了高楼大厦，有许多企业入驻，生产总值一下子升到了1000亿元，确实是创造了一个当代传奇。当时我就有一个想法，希望能够来写前海这个主题。

2018年1月，我参加“深圳报告”创作计划的启动仪式，仪式结束后，我又前往前海采访。参观了前海的地标——卓越壹号、青年梦工场、冷库，还有其他一些基础设施建设、山水城一体化建设等，我感觉前海完全是按照国际一流标准在建的一个自贸区。但是，所有这些都还没有什么特别打动我的地方，因此，我想写前海却一直没有找到切入口。

春节过后，2018年3月我又一次来到前海。通过深入的了解，我发现青年梦工场这个地方聚集了一批年轻人，大多是“80后”“90后”，这些年轻人也都很有意思，工作在前海，吃在前海，住在前海，几乎24小时都在梦工场里忙乎自己的创业，忙乎自己的工作。青春是用来奋斗的，他们这种奋斗的劲头首先就打动了我。

而在采访的过程里，又有许多鲜活的人和事让我很感动，比如有一个搞靠谱保的CEO，他说保险行业存在很多痛点，比如糖尿病的监测，糖尿病病人的治疗保险、疗效保险，几乎没有保险公司愿意做，于是他们就想开发这方面的险种，跟银行、保险业合作，联手开发新的险种，覆盖那些传统保险公司不愿意承保的项目。

还有一家微埃智能公司，汇聚了一批从美国硅谷等地留学回来的“海归”，他们都是学有所长的博士、硕士，选择在前海梦工场开启自己的梦想。谈起创业的初衷，他们说其实他们并不差钱，而且多数原本都有很高的收入，有的年薪上百万元，还有一些人是“富二代”，家里有很大的家族企业，年产值几亿元。但是，他们在自己的生活和工作中看到了很多的社会问题和社会痛点。比如有一位创业者，他的母亲是办纺织企业的，他看到纺织工人的工作环境不佳，甚至有污染，有害身体健康，于是他就想能不能通过人工智能的方式，通过调参，发明一个智能操作的机器人来取代工人的劳作。同时，他们也看到全国有成千上万的电焊工人，焊工的工作环境十分恶劣，几乎没有什么保护措施，以至于许多焊工到了五十来岁眼睛就几近失明，他们看到了焊工的痛点，就想发明一种调参机器人，能够完全取代焊接工人的工作，甚至能够从事高精尖的芯片焊接工作。于是，他们十几个有着共同理想和愿景的人，放弃了高薪，抱团创业，白手起家……

更让我感动的是一群听障者。他们在日常的生活中感受到聋人没法像健听者一样生活，没法和健听者一样自由地交流沟通，于是，他们就想发明一种APP，通过APP来实现手语和语言的自然转换，使听障者能够和健听者正常交往。他们的企业到现在也还没有多少盈利，但是他们心中有这样一个梦想，也一直在追逐着这个梦想——让更多的听障者走出封闭的世界，活出“声音”，活出精彩！在追梦的过程中，他们也得到了一些有志之士、企业家的鼎力支持，还得到了一些健听人的理解、参与和帮助，其中有一个年轻人大学一毕业就来这家公司工作，收入并不高，但他觉得能够为听障者做一些事，他的心里是充实的、快乐的，他的女友慢慢地也理解并认同了他的这一选择……

所有这些创业者给我的共同感觉是，他们都是一群有情怀的人，是一群有社会担当、有责任感和使命感的人，他们看到了自己、他人或者社会的一些痛点，觉得自己有义务也有责任去帮助解决这些痛点，让自己和他人生活得更美好更幸福。因此，我觉得这一群人非常可亲可敬，值得我去书写他们。我的写作就是从这里开始的。

在采访这些年轻人的过程中，我得到了前海管委会宣传办公室和媒体运营方面有关人士的大力支持，也得到了前海所在区深圳市南山区作家协会主席吴迪的热情帮助，使我的采访得以相当顺利地完成。在前海前后三次十天左右的采访里，我感触良多，但感受最深的是，一定要找到能打动自己的东西。一个作家如果找到了打动自己的东西，也许有朝一日他会写出一篇能够打动读者的作品来。

2018 年 3 月—2019 年 5 月 初稿

2021 年 1—3 月 修订

图书在版编目（CIP）数据

奔跑追梦人 / 李朝全著. -- 杭州 : 浙江教育出版社, 2022.2
ISBN 978-7-5722-2975-6

Ⅰ. ①奔… Ⅱ. ①李… Ⅲ. ①纪实文学—作品集—中国—当代 Ⅳ. ①I25

中国版本图书馆CIP数据核字(2021)第273414号

责任编辑 吴颖华　　美术编辑 韩 波
责任校对 王晨儿 谢 瑶　　封面设计 顾 页
责任印务 陆 江

奔跑追梦人

BENPAO ZHUIMENGREN

李朝全 著

出版发行 浙江教育出版社
（杭州市天目山路40号 电话:0571-85170300-80928）
图文制作 杭州兴邦电子印务有限公司
印　　刷 浙江新华数码印务有限公司
开　　本 710 mm × 1000 mm 1/16
印　　张 13.75
插　　页 4
字　　数 142 000
版　　次 2022年2月第1版
印　　次 2022年2月第1次印刷
标准书号 ISBN 978-7-5722-2975-6
定　　价 56.00元